Huichol

Huichol

La rebelión del Máscara de Oro

Queta Navagómez

EDICIONES B
GRUPO ZETA

México D.F.•Bogotá•Buenos Aires•Caracas•Madrid•Barcelona•Montevideo•Quito•Santiago de Chile

Huichol, La Rebelión del Máscara de Oro

1ª edición, agosto de 2010

D.R. © 2010, Enriqueta Navagómez
D.R. © 2010, Ediciones B México, S.A. de C.V.
Bradley 52, Col. Anzures, 11590, México, D.F.

www.edicionesb.com.mx

ISBN 978-607-480-093-7

Índice

María Paula de los Santos

I

LA TARDE ESTÁ APAGÁNDOSE y el viento corre entre los árboles
y las pocas casas de las afueras del pueblo de Tepic. Ese viernes
veintiséis de diciembre de 1800, sentada a la puerta de su jacal,
la mulata María Paula de los Santos casi termina de remendar
unos calzones de su nieto José Estanislao. Calzones en los que
un parche se encima en otro para permitir que la prenda vuelva
a usarse. María Paula casi se la pega al rostro, para que sus ojos
gastados por la edad puedan ver dónde ha de introducir la agu-
ja. Piel oscura, labios gruesos y cabello rizado dejan ver la mezcla de razas, hablan de que fue procreada por un español y una
negra. Siente frío, deja la labor sobre sus muslos y se acomoda
el rebozo descolorido.

—Tigra, ya casi es loración de la nochi— le dice a la perra
que está echada cerca de sus pies. Escuálido animal de pelaje
amarillento. —Nomás acabo con estas garras, y pongo lolla del
café y te doy tu tortilla embarrada con frijolitos —promete.

La perra parece entender que aún falta tiempo para comer
algo, recuesta con resignación la cabeza entre sus patas. De pronto, levanta la testa, otea el aire, echa hacia atrás las orejas y corre ladrando en dirección al sendero. La vieja mulata vive en las
afueras del pueblo, sobre el camino por el que van y vienen los
pasajeros de Tepic a Guadalajara, por eso no le parece extraño

que la Tigra salga a ladrar a los que pasan. Los ladridos suben de intensidad, se vuelven desesperados, rabiosos, amenazantes: María Paula de los Santos deja el zurcido y va a asomarse a la cerca de piedras que limita el frente de su propiedad. Desde ahí puede ver que dos hombres y un niño se aproximan a su casa. La vieja María Paula entrecierra los ojos para distinguirlos mejor. Regaña a la perra, le avienta una piedra para que deje de ladrar y se queda a la entrada de la cerca, esperando.

—¡Buenas tardes te dé Dios, María Santos!, ¡soy Antonio, vengo con mijo y un conocido! —grita uno de los hombres, ya anciano, que levanta una mano para saludarla, mientras apoya la otra en el hombro del niño, como si se recargara en un bastón.

—¡Antonio el Peregrino! Sí, ya te conocí. Pasa hombre, pasen los tres.

Dentro del jacal, la mujer enciende una gruesa vela de sebo y a la luz temblona de la mecha reconoce al mestizo alto, blanco y viejo que ha hospedado en su casa en muchas ocasiones. Antonio el Peregrino trae calzones de paño azul muy remendados, por camisa, unas hilachas de manta en forma de campana, calza huaraches y trae puesto un sombrero muy roto. Le causa tristeza este hombre que va de pueblo en pueblo pidiendo trabajo o limosna y siente lástima por el hijo, el niño José, que apenas tendrá nueve años y desde que murió su mamá acompaña a su padre. El pequeño tiembla de frío: el cotoncito de calzones blancos de manta y las mangas de bayeta azul muy rotas no lo protegen mucho. Conmovida, María Paula les pide que la acompañen a la cocina, porque va a prender las brasas y a hacerles un café. El pequeño se alegra.

Ya en la cocina, después de encender el fuego, la anciana mulata mira detenidamente al acompañante de Antonio el Peregrino. Su piel tiene el color de los indios, es de barba cerrada, bajo de cuerpo, ni grueso ni delgado, cabello un poco largo. El hombre sonríe y María Paula fija la vista ahora en su frente regular, sus cejas negras y pobladas, los ojos oscuros y pequeños. El hombre se turba ante la mirada, pero ella tiene la impresión de que algo extraño hay en ese rostro y continúa analizando la nariz afilada y pequeña, la boca chica y los labios delgados.

—María Santos, este señor se llama Mariano, el hermano Mariano —interrumpe Antonio el Peregrino.

El aludido hace una breve inclinación de cabeza. María Paula continúa recorriéndolo, constatando que viste un sarape con rayas blancas, negras y encarnadas, un cotón de manta tachigual, calzones de cuero hechos con gamuza color de yesca de medio uso, debajo de los cuales se asoman unas tiras rotas de lana blanca, pero trae sombrero nuevo, de palma y va descalzo de pie y descubierto de pierna, sin que sus extremidades se noten maltratadas por piedras o yerbajos. La Tigra se le acerca, lo huele y gruñe. La mulata amenaza con la mano en alto y el animal se aleja con la cola metida entre las patas.

Ha caído la noche, los hombres se han acercado a las brasas para calentarse, el olor a café llena el espacio de paredes de adobe oscurecidas por el humo de muchísimas fogatas. María Paula retira la olla de la lumbre.

—Y, ¿qué cuentas, Antonio? —pregunta mientras sirve jarros humeantes. El niño José casi arrebata el que le ofrece.

—¡Cuidado, niñito, tá caliente, te vas a chamuscar el gaznate! —le advierte. José sopla con desesperación en el jarro, su hambre lo hace probar en pequeños sorbos. —Pérate, orita les caliento unas gordas untadas de frijoles —ofrece.

—Vamos de paso, María Santos, buscamos llegar al puerto de San Blas, onde tengo un pariente que me socorrerá, pero no tenemos ónde pasar la noche. ¿Habrá en tu casa un rincón pa quedarnos? —pregunta Antonio el Peregrino.

María Paula de los Santos deja de calentar tortillas, mira hacia el jacal que sirve de comedor y dormitorio a ella y a su nieto José Estanislao. Va a decir que no, cuando Antonio el Peregrino la interrumpe.

—Deja que nos quédemos aquí, en tu cocina —pide, mientras el indio Mariano sigue en silencio, sólo escuchando, deleitándose con las tortillas untadas de frijol.

La mujer calla, mide posibilidades. El año anterior también hospedó a Antonio el Peregrino en su cocina. Se quedó durante dos semanas, y pasó todo ese tiempo con altas fiebres y ella tuvo que atenderlo. Cuando se recuperó, después de colmarla de bendiciones, le dijo que iría a cumplir la manda prometida a la virgen de Talpa por curarlo.

—La cocina servía el otro año, aquí dormistes con tu niño, pero ora tá destechada de unos pedazos y no he podido componerla.

—No interesa. Ocupamos un lugar pa no dormir en descubierto.

Ella mira al niño que, terminada la cena, se quedó dormido en el piso de tierra, junto a la lumbre. La mirada de Mariano está fija en su rostro.

—Tá bien, agárrenla —responde, pensando que no puede negar un sitio de descanso a los que vienen caminando de quién sabe dónde. Suspira, siente un gusto íntimo al pensar que aún en la pobreza tiene algo que ofrecer.

—Amá Santos, le traigo estos… —irrumpe José Estanislao.

—José Tanislao, es mi nieto, viene a verme, a cuidarme — explica la anciana al indio Mariano.

—No sabía de visitas, amá Santos— se disculpa el muchacho, como de diecisiete años, vestido todo de manta y cobijado con un sarape oscuro. Aunque José Estanislao vive con su madre, desde que su abuela se quedó viuda la visita alguna vez al día, para ver cómo se encuentra y qué necesita. Todas las noches se queda a dormir junto a ella y regresa a su casa en cuanto amanece. El joven reconoce al viejo limosnero.

—¿Otra vez vas usté al Tepehuaje, a trabajar la molienda de caña? —le pregunta.

—No, ora voy a San Blas, en busca de un pariente.

—¿Te acuerdas, Antonio?, siempre que ibas al ingenio del Tepehuaje aquí pasabas, primero traías tu mujer, y ora que ella es difunta sólo traes tu niño.

—Sí, María Santos… Fíjate que este joven, que se llama Simón y que yo digo qués mi hermano Simón, se me juntó en el camino, cerca del puesto de los Ocotillos.

María Paula se extraña de que Antonio el Peregrino diga que su acompañante se llama Simón, cuando al presentarlo, mencionó que se llamaba Mariano. ¿Qué trata de decirle cambiándole el nombre? Él insiste:

—Te contaba María Santos, queste joven, José María, se me juntó en los Ocotillos. Se adelantó y volví a toparlo hasta el Arroyo del Toro, de onde agarramos pa este rumbo.

María Paula y Estanislao se miran, Antonio el Peregrino ha cambiado otra vez el nombre a su acompañante. ¿Cómo se llama verdaderamente ese indio joven que ha bajado los ojos? La curiosidad se instala. Sin percatarse, el mendigo habla de su encuentro con el indio y le cambia de nombre, unas veces dice Mariano, otras José María, o Simón. El aludido mira a Antonio, le entrega una moneda y éste parece acordarse de algo.

—Ah, sí… Ya es tarde, muchacho, pero ocupamos que vaigas a conseguir un medio de máiz —le dice a Estanislao entregándole la moneda. Él mira a su abuela y ella sólo eleva los hombros.

En cuanto José Estanislao sale del cuarto, María Paula de los Santos se alerta, ha entendido que sólo a ella le dirán algo importante. No se equivoca. Los dos hombres vuelven a mirarse y es Antonio el Peregrino el que habla.

—Mira, María Santos, este mozo que viene en mi compañía no es un indio cualquiera. No, qué va, él es Mariano, el tlaxcalteco del que tanto se habla. Es el hijo del gobernador de Tlaxcala, dueño de Las Indias y anda con mil disfraces visitando su reino. Necesita el socorro de todos los indios pa coronarse Rey. Cuando tenga esa corona, devolverá a los que le ayuden las tierras que les han quitado los gachupines y echará a todos ésos de aquí, pero sin hacerles guerra.

A María Paula de los Santos la paraliza la sorpresa. Mira al indio Mariano, su ropa rota, sus pies descalzos, nadie podría imaginar tras ese disfraz a un futuro Rey.

El indio Mariano habla entonces, su hablar es pausado y sus ademanes finos. Cuenta que a instancias de su pueblo fue hasta España, a reclamarle al Rey el despojo de sus tierras, pero el poderoso lo ignoró. Entonces buscó la manera de regresar en un barco. No sabe bien cuántos meses tardó, pero fueron muchos. Cuando logró llegar a su reino, su padre ya había muerto, lo mismo que su hermano. Pero quedaba él para seguir peleando por las antiguas posesiones y regresárselas los indios.

Como es justo, después de la victoria, se las dará a quienes lo ayuden a coronarse. La anciana se alarma, entiende que los pueblos ya no soportan el sometimiento y calladamente esperan el momento de levantarse, pero nunca imaginó que el llamado a la sublevación llegara hasta su casa. Algo poderoso debe estar sucediendo, pues de otra manera no se justifica lo que Mariano dice, porque desconocer al Rey español es la peor injuria que puede hacérsele, no importa que esté muy lejos, mantiene guardias y justiciales cerca. Una gran incertidumbre se apodera de sus emociones. Se asoma al patio para comprobar que nadie esté afuera, con uno que escuche lo que se habla en su casa, ella podría ser enviada a la horca. La sorpresa la marea. Ella no se acuerda dónde, pero ya había escuchado hablar del Tlaxcalteco, y a pesar del temor, considera que lo único importante es que en ese momento puede estar frente a quien será el Rey de los Indios, frente al que los ayudaría. Duda; en lo inmediato, en su memoria sólo resuena más la voz de los sacerdotes insistiendo en las misas en que para los indios sólo existen dos reyes a quienes deben de servir, obedecer, y si se diera el caso, morir por ellos. Uno es el Rey de los Cielos y el otro es el Rey de España, nunca han hablado de un Rey indio. Al tener frente a sí al que puede serlo, no sabe qué pensar, tartamudea, se confunde.

—Mujer, necesitamos localizar a alguien de toda tu confianza y que puede ayudarme a lograr lo que me propongo —dice Mariano, mirándole fijamente el rostro lleno de arrugas, el cabello canoso y rizado que lleva tejido en dos trenzas, las manos rugosas que no han dejado de apretarse una contra la otra. A su edad, ella pensaba que no llegaría a ver un momento así, que la posibilidad de liberarse era una historia de ésas que van de boca en boca y que la gente repetía sin emoción.

Se desespera de que en ese momento no le venga a la mente ningún nombre.

—¿Con quién puedo hablar yo estos asuntos? —la apresura el que se dice Rey.

Al fin, la mulata mueve afirmativa y lentamente la cabeza. Ha recordado al indio Juan Hilario Rubio, quien aparte de ser su vecino, y ser fácil de encontrar por estar siempre haciendo tejas y adobes, es uno de los viejos principales de Tepic. Cada que se junta cabildo para resolver los problemas de la comunidad, Juan Hilario tiene derecho a hablar y a decidir lo que se hace. Es tan reconocido entre los principales, que muchos aseguran que en Tepic lo que él dice es siempre obedecido por todos los indios.

—¡Juan Hilario!, ¡ése es el que ayudará!, ¡tiene muchas luces de entendimiento! —exclama entusiasmada.

—¿Puedes pedirle que mañana venga a hablar conmigo?

—¿Lo quieres usté de mañana o ya tardeando?

—Dile que después de la oración.

—Mañana iré yo mismita, pa traerlo junto a Su Mercé —promete.

Llega Estanislao con el medio cuartillo de maíz. Ella apenas puede disimular el nerviosismo y el brillo de asombro y alegría con que la traicionan los ojos. El muchacho la mira sin comprender. María Paula se despide de las visitas y regresa al jacal.

—Qué tienes usté, amá Santos, ¿tá bien?

—Toy bien mijo. ¿Ya vistes que la nochi tá muy cerrada? Hay que dormirse —dice, y sin esperar respuesta coloca una cobija sobre un camastro de varas de otate. —Ya te acomodé tu tapeixtle, ya recuéstate, muchacho —ordena. Luego coloca una cobija sobre su tapeixtle, se cubre, y finge que se ha dormido. José Estanislao sopla hasta apagar la vela que ilumina el jacal.

Pasan las horas y María Paula de los Santos continúa despierta, escuchando la plácida respiración del nieto. La sangre le martillea en las sienes, su corazón late con la misma fuerza que cuando va a lavar ropas en el río, o desciende de los cerros cercanos cargando los tercios de leña que utiliza para encender la lumbre. Asustada, fricciona su pecho. Poco a poco los latidos se aquietan. Las palabras de Mariano y Antonio el Peregrino siguen pegadas a su imaginación. Hay momentos en que el aire parece faltarle y el miedo toma la forma de un escalofrío que se le derrama desde la nuca hasta cubrirle toda la espalda y bajar por sus muslos, y otros en que la alegría le arranca alguna risilla. Tanto callar, tanto soportar, ¿será posible tener un rey indio? Entiende cuál será el precio de una derrota, pero tampoco le parece bueno vivir así, como viven los indios. En su cocina duerme un príncipe disfrazado. La ilusión le hace sentir prisa porque ya amanezca, ansiedad por levantarse y correr hasta la casa del indio Juan Hilario Rubio, y traerlo ante la presencia del que podría ser coronado Rey de los Indios y...

—¡Aaaaaaaay mis hiiiiiijos! —se desgarra la madrugada con el grito agudísimo que en segundos pasa a todo lo largo del cercano arroyo. La quejumbrosa exhalación hace que el cabello y la piel se le ericen. Aúlla el perrerío persiguiendo el lamento del alma en pena que va resbalando sobre las aguas del arroyo. Aúlla la Tigra a la mitad del patio y luego chilla y araña las varas que forman la puerta, buscando amparo.

—¿Oyó amá Santos? Pasó la Llorona —murmura el nieto desde su camastro.

—Sí, Tanislao, ella merita fue...

—Dice mi madrina Duviges que la Llorona siempre anuncia males.

—¡Ave María Purísima! Cállate, mijo. Tápate bien y ponte a rezar —aconseja.

El indio Mariano

2

El indio Juan Hilario Rubio pasó toda la mañana haciendo adobes y está cansado. Ahora, entretiene a dos hijos pequeños mostrándoles la forma de hacer una punta de flecha mientras platica con María Gertrudis Real, su esposa, quien teje a la sombra de un aguacate. De pronto, la mulata María Paula de los Santos se asoma al patio, al verlo, entra sin pedir permiso y le dice casi al oído que la acompañe. Juan Hilario no tiene ganas de moverse, pero el rostro de María Paula de los Santos luce ansioso, preocupado. Sin darle tiempo, segura de que él irá tras ella, la mujer emprende el regreso, cruzando sin permiso entre las hierbas de olor y verduras que forman la huerta de su vecino.

El viejo principal trata de caminar con la misma rapidez con que lo hace María Paula. Seguidos por la Tigra, cruzan una acequia, una pequeña milpa recién cosechada y un espacio lodoso en que muchos adobes recién hechos se secan al sol de la tarde. Llegan a la hilera de cañas de azúcar que separa sus propiedades y el hombre se atreve a preguntar:

—¿Y… pa qué me necesita, María Santos?

—A usté no te ocupo yo. A usté te ocupa otro —adelanta ella.

¿Quién lo necesitará? Se cuestiona él. Llegan a la casa de ella por la parte trasera y aún así, María Paula voltea hasta comprobar que nadie los ha seguido. En la cocina destechada la esperan

Antonio el Peregrino y el indio Mariano. La mulata alcanza a ver también a José Estanislao, entiende que el nieto está de más y, para quitárselo de encima, le pide que vaya a conseguirle cal porque necesita cocer el maíz y tener listo el nixtamal del día siguiente. José Estanislao desea quedarse, averiguar qué tratos tiene su abuela con aquellos hombres, tomar el jarro colmado de cal que está junto al metate y mostrárselo para que ella invente otro pretexto, pero ha entendido que su abuela lo quiere lejos, y se va sin prisa.

Juan Hilario Rubio mira con extrañeza a los dos hombres vestidos con harapos. El más joven le pide que se siente junto a ellos, cercano a la fogata en que se queman mansamente algunos leños. Ah, qué María Santos, por estos limosneros me sacó de mi casa, piensa con fastidio. Con gesto de resignación se acuclilla y espera.

—¿Eres Juan Hilario? A llamar te mandé porque la señora María Paula me dijo que puedo confiar en ti, que eres entendido y todos hacen lo que tú dispones. También sé que tú serás el mensajero —le dice Mariano, sonriente, sin quitar la vista de su rostro.

A Juan Hilario le extraña el tono, las palabras, los finos ademanes del pordiosero. No parece indio, recela.

—¿Mensajero? ¿Qué ocupa de mí?

—¿Eres indio principal? ¿Das tu parecer en los cabildos del pueblo?

—Soy principal, por estar viejo me piensan con luces de razonamiento —lo dice levantando el rostro, con orgullo, mostrándole que ser anciano principal no es cualquier cosa, que para serlo necesitó desempeñarse primero como topil, fiscal, mayordomo, regidor, alcalde… logró familiarizarse con los deberes, cumplir las costumbres, y trabaja contento en el bien de su comunidad.

—¿Cuánto años tienes?

—Quién sabe, pero han de ser más que sesenta. ¿Qué busca de mí?

—¿Conoces Tlaxcala? Yo soy hijo de aquel gobernador.

—¡Tlaxcala!, ¡eso está en Colotlán! —exclama el viejo, contento de conocer el pueblo que le menciona. Luego piensa que esa Tlaxcala es un lugar diferente a todos porque hace mucho, muchísimo, los tatarabuelos de los indios que ahí viven venían con los españoles e hicieron arreglos con ellos, les ayudaron a cargar todo lo que necesitaban para conquistar pueblos, y también les ayudaron en sus guerras, por eso les dieron lugares dónde vivir y los tratan como amigos y casi les perdonan el tributo. Les enseñaron oficios, confían en ellos por considerarlos "indios de paz". Por eso los tlaxcaltecos tienen privilegios que los demás indios quisieran.

—Soy Mariano, el Tlaxcalteco, acostumbrado estoy a los cacles y pectorales de oro —asegura el mendigo con un dejo de soberbia. No ha dejado de mirar el rostro del viejo y se da cuenta de su desconcierto. Eso le agrada.

—Muchos hay que me llaman el Máscara de oro, sé que has escuchado hablar de mí.

Juan Hilario contiene la respiración, ¡claro que ha oído hablar de un tlaxcalteco!, de un indio que trae el rostro cubierto por una máscara de oro y que se coronará Rey para librar a los suyos del dominio español. Niega con la cabeza, incapaz de creer que está frente a él. Los ojos de Mariano siguen fijos en su rostro cuando menciona:

—He llegado para reclamar estas tierras que los gachupines llaman el Reino de la Nueva Galicia.

El viejo principal no sabe qué creer, le parece imposible que este hombre de ropas desgarradas sea el Tlaxcalteco, de quien escuchó decir que llegaría por Durango. Ahora recuerda que hace años, no sabe cuántos, dos ancianos se detuvieron frente a su puerta para pedirle un poco de agua porque iban hasta Xomulco. Uno de ellos habló de lo mal que les iba con los españoles, y el otro, al regresarle la jícara de la que aún chorreaba agua, le dijo que algún día llegaría el Tlaxcalteco, el de la máscara de oro. No sabe desde cuándo los dominan los españoles, pero sí que los indios nunca van a perder la esperanza de librarse de su yugo. Los pueblos, en pláticas secretas, llegan a acuerdos y van recogiendo mensajes imperceptibles de su mundo y de éste para saber cuándo y cómo actuar. Tienen que callar mucho, disimular, ocultar, mentir, entender que pueden pasar años y años de sometimiento y deben aguantarlos, porque un día llegará la señal definitiva. Pero duda, ¿será que todos los pueblos indios se sublevarán? ¿O será que, ante el peligro de un nuevo despojo de tierras tendrán que adelantarse los del Nayar? ¿Será que Mariano dirigirá la guerra…, o es sólo eso, la señal? Tiembla al pensar que la confirmación puede ser, en efecto, la presencia de este hombre que se llama Mariano.

—Me ves como un mendigo porque vengo disfrazado, todavía no es tiempo de darme a conocer —aclara Mariano al sentir la mirada escrutadora del viejo.

—No te conozco. ¿Por qué debo creerte? —responde Juan Hilario como defendiéndose de la fascinación que las palabras del hombre están causando en su espíritu.

Mariano sonríe, sabe que tarde o temprano ganará su confianza.

—Tengo papeles que dejarían claro, frente a cualquiera, mi derecho a estos lugares, que los gachupines tomaron sin pagarme renta.

—Enséñamelos.

—Guardados están en un lugar secreto. Los gachupines podrían robármelos.

—A Juan Hilario empieza a darle miedo lo que dice el otro. Si de verdad es el que esperan, a la larga podría hasta ser castigado por él o sus iguales por haber puesto en duda sus palabras.

—¡Los gachupines a todo le meten uña! —exclama para congraciarse.

—Vengo de España, hasta allá partí, a hablar con el Rey gachupín. Fui a exigirle que me regresen estas tierras. En cuanto él supo mi asunto, dio seis pasos atrás y me dejó afuera de su palacio. Salí huido de sus guardias y soldados. Subí a un barco y habiendo sido Dios Nuestro Señor Todopoderoso, servido de sacarme de todos aquellos trabajos, me ha concedido el ponerme en tierra a salvamento. Cuando regresé a Tlaxcala ya había dejado de existir mi padre, él y otro hermano que tenía. Estoy aquí para recuperar los reinos; mis hijos, los indios, deben seguirme, ayudar a que me corone, a que me proclame Rey.

A Juan Hilario ha dejado de parecerle importante que el hombre le muestre los documentos, entre los pueblos no se validan papeles españoles, lo fundamental está en lo que Mariano dice, en lo que pretende hacer. Siente que lo recorre una emoción que le provoca alegría. Mariano la nota y dice en tono grave e imperativo.

—¡Tú me ayudarás, Juan Hilario!

A pesar de creerle, el viejo principal se resiste. Le cuesta trabajo aceptar que bajo tanta pobreza pueda ocultarse un rey. Él no conoce a ningún soberano en persona, pero siempre los ha imaginado con ropas resplandecientes. Ha mirado sólo al Rey de Reyes, una imagen de Cristo a tamaño natural que los sacerdotes sacan en procesión después de la cuaresma. Imagen que las mujeres nobles de Tepic se encargan de vestir con túnicas bordadas con oro y una resplandeciente corona en la que brillan piedras de colores, imagen ante la que gachupines e indios se arrodillan. Mariano, erguido, alta la cabeza en ademán soberbio, vuelve a mirarlo a los ojos, mientras le da una orden con la misma fuerza que si le lanzara un cuchillo.

—Tú, sólo tú llamarás a los indios en mi nombre.

¡Un rey, al fin, un rey con cara de indio!, piensa Juan Hilario, y chocan en su entendimiento encontradas ideas. Un rey que por ser de su misma raza entendería el modo de los indios y conservaría sus ceremoniales y costumbres. Un soberano más moreno, pero más cercano que el Rey blanco y gachupín que vive lejos, muy lejos, tanto que para verlo es necesario cruzar un mar más grande que el de Chapala, y aún así, exige obediencia absoluta. Está ante el Rey Indio, ante la señal que ha inspirado formas de lucha… Le gustaría ayudar a Mariano, pero no olvida que, como todos, ha jurado fidelidad al monarca español. Lo hizo de rodillas, besando la señal de la cruz que formaron sus dedos mientras un sacerdote lo rociaba con agua bendita. ¿Qué hacer? ¿Qué contestar?

"¿Cómo pueden dudar de la buena voluntad que Su Majestad tiene para con ustedes?, ¡Ingratos! ¿No les permite vivir en estas preciosas tierras que sólo a él pertenecen? ¿No solicita que se les trate con benevolencia, atendiendo a su rusticidad e ignorancia? Grávense en la memoria que para ustedes sólo existen dos reyes: uno es el Rey de los Cielos, y el otro, nuestro amado Soberano don Carlos IV. La traición a Su Majestad se castiga con la horca", sermonean los sacerdotes cada que algún indio es acusado de desobedecer los mandatos que desde tan lejos envía el Rey. "¡Idólatras, apóstatas, arrojen los demonios que les muerden las carnes!", rugen los clérigos cuando látigo en mano castigan a los que descubren venerando ídolos tallados en toscas piedras.

Sólo dos reyes, en ese caso, ¿en qué parte de su entendimiento debe aceptar como realidad la esperada o imaginada presencia de éste que se dice Rey de Indios y quiere ser coronado? Se acuerda de lo sucedido hace mucho, de los viejos que al pedirle agua le hablaron del que iba a venir. Duró tanto la víspera, que pensar en un próximo enfrentamiento le causa confusión. ¿Será el tiempo preciso? ¿Por qué surge la señal en este momento? Un mar de dudas oprime su corazón, golpeado por la alegría y el pánico ante la posible libertad o la posible tragedia. Siente el rostro encendido por la ansiedad y la angustia, sin embargo sus manos están frías, y su lengua tiene tal torpeza que ni siquiera atina a decir que sí, que sí quiere ayudarlo, porque sabía que llegaría un tlaxcalteco a proclamarse Rey y deseó estar vivo para presenciar el prodigio.

—A tu llamado acudirán mis indios, Juan Hilario.

Obedecer, doblegarse, bajar los ojos ante los gachupines, eso es lo que ha aprendido en más de sesenta años y ahora ya no tiene ganas de hacerlo. Quiere decir que sí y siente miedo. Sí, son producto del miedo los sacudimientos, la opresión que parece aplastarle los pulmones y sólo permitirle sacar una voz débil, chillona. De pronto, en su espíritu aflora otra vez la desconfianza, levanta el rostro:

—Trate su asunto con nuestro alcalde José Desiderio —menciona sin pensar, y siente que al mismo tiempo ha quedado libre de una gran responsabilidad.

—¡Sólo quiero tratarlo contigo! ¡Sabes que este momento llegaría! Encargado quedas de mis asuntos mientras marcho a San Blas y estoy de regreso —ordena Mariano. Su rostro ha dejado la sonrisa y su ceño contraído hace que sus ojos parezcan más negros de lo que son.

—¡Ayúdelo Juan Hilario! ¡Todo entiendes, de todo sabes usté! Socórrelo, nomás a que consiga su corona. Hágalo pa que los indios téngamos un grande alivio —suplica la vieja María Paula de los Santos, brillantes los ojos de esperanza.

—Dame una prueba de que eres el Tlaxcalteco, dámela, pa que ya no dude.

—Mandarás escribir unas cartas en las que digas que el día de Reyes necesito de la congregación de todos mis pueblos a recibirme. Ha de ser con la mayor prontitud. Dirás que sin excusa vengan a conocer a su rey. Sólo te encargo el sigilo, solamente el alcalde y el escribano de cada pueblo deberán saber esta orden en tanto llega el día —habla Mariano sin dejar de señalarlo con el dedo índice.

—El día de Reyes será pronto…, ya casi es año nuevo.

—Así debe ser, la sorpresa hace crecer las posibilidades de victoria.

Las dudas y el miedo no dan tregua al corazón del viejo. Con voz temblona vuelve a pedir:

—Haz algo pa que yo sepa que eres el Máscara de oro.

—Viejos y mozos, mujeres y hombres, sin excusa vendrán a conocer a su Rey. Tú, Juan Hilario, llevarás una bandera de nuestra señora de Guadalupe que dejaremos en la plaza de Tepic, para mostrar que hemos tomado el pueblo —dice levantando los brazos, como si escuchara aclamaciones. —Sabías que eras el mensajero y el tiempo llegó.

—Comprométase don Juan Hilario, los indios de los pueblos harán lo que usté quiera —pide Antonio el Peregrino.

—Pueblos enteros tomarán su camino para llegar a la parte citada. Ahí se han de juntar todos, prevenida su bandera blanca, sus pitos y tambores. Con las armas que cada uno pueda traer: lanza, flecha, cortante, hondas, garrotes y piedras, para defenderse, para atacar. Que a la entrada de Tepic, por la parte Oriente, a Lo de Lamedo, donde hay gigantes higueras, irán camino a recibirme —recita, moviendo las manos como si estuviera actuando ante mucho público.

—Enséñame uno de tus cacles de oro...

—Son hijos míos y han de verme con respeto. Nadie podrá hablarme ni tocarme, sino que caerán de rodillas. Así estarán hasta que yo los bendiga, hasta que yo ordene que se pongan de pie y enfilemos hacia Tepic —extiende los brazos como si acomodara una capa invisible y camina con solemnidad.

—Dame una prueba de que eres Rey, o promete que si te ayudo, el sudelegado no me mandará horcar...

—El subdelegado tendrá que asistir a mi coronación. Muchachos vestidos para danza bailarán anunciando mi nombre. Llegarán a tiempo el obispo y el padre guardián de la Santa Cruz para ponerme una corona, no de oro, ni plata, sino la de espinas de nuestro Jesús Nazareno. Por la dicha y ventura de mis hijos indios habré de padecer —afirma levantando el dedo índice, sin dejar de caminar.

Juan Hilario lo observa, hace rato que está pensando algo que su razón al principio desechó, pero la insistencia de Mariano en ser coronado por el obispo, le regresa a la memoria. El obispo, el religioso principal de esos lugares; el obispo, que representa a la Iglesia y debe estar siempre presente en los actos importantes del gobierno español, lo estará también en la coronación, porque la Iglesia y el gobierno a veces parecen ser la misma cosa, y Mariano querría ser reconocido por la fe de los indios y el poder de los españoles... La Iglesia y la coronación, la Iglesia y los Tres Reyes Magos... ésos que fueron a adorar al niño Jesús, ésos que al llegar ante él se hincaron y le dieron regalos. Eran tres pero sólo llegaron dos, quién sabe por qué, uno se perdió en el camino...

—Ni corona de oro, ni de plata, sólo tocarán mi frente las espinas del Jesús Nazareno...

Lo escucha y casi comprueba sus sospechas. Desde la infancia ha sabido que ante el niño Dios se arrodilló nada más un rey que era español y uno que era negro, pero las leyendas dicen que hizo falta el que era indio. El rey indio ha andado perdido y nadie lo encuentra. ¿Sí será éste? ¿Éste que se hace llamar Mariano y su nombre es tan parecido al de la madre de Dios?, además, quiere que se pongan de rodillas para que él pueda dar bendiciones. Busca que el obispo le ponga la corona de espinas de Jesús Nazareno, como el hijo de Dios, cuando fue castigado por decir que era rey. Y por si no bastara, quiere coronarse el día de los Reyes Magos, en que celebran la fiesta de la epifanía. La boca se le seca y las piernas le tiemblan cuando dice con voz rasposa:

—No me has dado la señal que te pido.

Y es que Juan Hilario pide esa prueba como una provocación, si es el Rey Mago Indio, sabrá hacer algún milagro, como los chamanes de su pueblo. Sólo entonces aceptará su misión. Hace rato que la tarde está nublada, fría, y afuera sopla el viento agitando los árboles. De pronto, Juan Hilario abre la boca en un gesto de admiración. La prueba que tanto ha pedido está frente a él: el sol se ha abierto paso entre las gruesas nubes aborregadas y sus rayos se cuelan por la única ventana de la cocina, iluminando completamente el rostro de Mariano que, con los ojos clavados en el hueco luminoso, se queda inmóvil. Quién sabe en qué piensa mientras Juan Hilario lo observa. Ante los ojos, ante el razonamiento del viejo principal, el Tlaxcalteco se transforma, parece un rey al que el sol le hubiera colocado una máscara de oro. Sí, Mariano es el Rey Mago que faltaba, y si no, es el Rey que esperaban porque quién sabe por qué prodigio, él está viéndole la máscara de oro que le brilla en el rostro, de la misma manera que vio brillar la máscara de turquesa que llevaba una de las deidades indias en la ceremonia de petición de agua a la que asistió en una cueva sagrada. Se le ha permitido ver la señal y debe comunicarla a todos, por medio de la máscara ha sido llamado a cumplir una misión.

—¡Tú eres el Rey…! —exclama.

El asombro del viejo es mayúsculo, se refleja en sus ojos, en su boca abierta, en sus facciones inmóviles. No comprende Mariano qué es lo que lo ha sorprendido, pero entiende que debe aprovecharlo, sonríe para decir:

—¡Claro que lo soy!, ya te he dado la prueba, haz que todos vayan a mi coronación.

Lentamente, la máscara de oro se apaga, pareciera que es absorbida por la piel oscura de Mariano, pareciera que el que quiere coronarse la guarda dentro de su carne para que nadie más pueda verla. El miedo invade al viejo principal. Ya no le quedan dudas de que Mariano es el elegido, y piensa que debe obedecerlo antes de que se enoje y lo mande ahorcar. Con diez azotes se castiga al que no se inclina al paso de los representantes de Su Majestad, con diez azotes se castiga también al que no se hinca al paso del obispo... Amedrentado, con deseos de disculparse, el viejo busca los ojos de Mariano, quien lo mira fijo y descubre todavía restos del asombro, de la admiración que ha provocado en él. ¿Serían sus frases? No lo sabe, pero lo sustancial es que ahora tiene de su lado al principal más importante de Tepic.

Sonríe el Tlaxcalteco y Juan Hilario responde la sonrisa, convencido de que le toca ser el mensajero y los pueblos deben escucharlo. Sus labios desplegados dejan ver unas encías en las que faltan varios dientes. Con rapidez, su imaginación ha empezado a construir el trono de oro donde se habrá de sentar el indio Mariano. Hincado, baja la cabeza y murmura con una mezcla de admiración y respeto:

—Dime cómo ayudarte, Mi Señor.

José Desiderio Maldonado

3

AÚN NO SE ESCUCHA la primera campanada de la misa de seis. El jacal está en penumbras. El alcalde indio de Tepic, José Desiderio Maldonado despierta con sobresalto, un ruido en el patio lo ha sacado del tranquilo sueño del domingo. Al incorporarse distingue tras la puerta de varas una sombra. Todo su cuerpo se alerta, las manos buscan algo, quizá un garrote, quizá una piedra con qué defenderse, cuando una voz conocida lo tranquiliza.

—No te espantes Desiderio, soy yo: Juan Hilario.

El alcalde se encima una cobija y sale al aire de la madrugada.

—Juan Hilario, ¿por qué entras sin aviso? —reclama.

—Una grande noticia me trae a verte.

—Pudiste esperar a que clareara.

—No he dormido, esperando la amanecida pa buscarte.

—¿Qué ocupas? —pregunta intrigado José Desiderio, mientras camina hacia unas piedras que tiene en el patio y que sirven de asiento a las visitas. Tiene presente que Juan Hilario forma parte de los indios principales, de los que demuestran interés por el pueblo aceptando cargos que le hacen gastar tiempo y dinero, y sólo le dejan la satisfacción de ayudar a su comunidad, de los que a fuerza de vivir y trabajar han obtenido sabiduría, y a los que recurre cuando alguna exigencia de las autoridades españolas necesita ser tratada en cabildo para buscar soluciones.

Juan Hilario trata de ordenar nuevamente las ideas y las palabras con que piensa convencer a su alcalde para que lo ayude a realizar su misión.

—Anoche estuvo en mi casa el Rey —dice bajando la voz.

—¿Un rey fue a tu casa?

—Sí, el Máscara de oro fue a buscarme allá —miente el viejo, porque considera importante decir que Mariano llegó a su casa y no a la cocina destechada de una mulata. Después de todo, lo importante es avisarle que la señal para liberarse llegó.

—No engañes. El Rey gachupín está lejos, a lunas y lunas de camino en aguas.

—Te digo que el Rey que fue a verme no es gachupín, él es tlaxcalteco, indio como nosotros, que ya llegó pa coronarse y quitarnos de encima tributos y castigos. Me hizo encargo. Quiere que los indios lo recíbamos el día de Reyes, mero onde están las higueras que nombran Lo de Lamedo, a legua y media de aquí. Que éntremos con danzas, pitos y redobles de cajas a Tepí y así lo llévemos a liglesia de la Santa Cruz. El padre guardián, aunque no quiera, tendrá que ponerle corona. Ya es el tiempo de hacer lo que pensábamos.

José Desiderio no disimula su incredulidad. Considera a Juan Hilario un hombre sabio y no entiende por qué habla de esa manera y con ese entusiasmo. ¿Será que ha enfermado de fiebres y delira? ¿No sabe que no pueden hacer cosas que llamen la atención de los gachupines, movimientos que los delaten ante el subdelegado de Tepic, el comandante general de la Nueva Galicia, o el Virrey? ¿No sabe que todos los indios deben estar seguros de la señal? Buscando que el viejo reflexione, pregunta con un dejo de ironía:

—El señor sudelegado estrenará buenas ropas pa esa fiesta.

—Irá por fuerza —responde con seguridad Juan Hilario.

José Desiderio se asusta, siente peligrosas las palabras del visitante. Ha comprendido que el viejo habla de que se acerca el momento de desconocer al Rey de España y coronar en su lugar a un indio. Calla mientras el principal lo pone al tanto de lo acordado con su extraño visitante. La plática de Juan Hilario se extiende, crece, lo hace imaginar a los indios del Nayarit entrando en multitudes a Tepic, algunos enarbolando banderas blancas, otros luciendo penachos y a la espalda carcajes de piel de tigre repletos de flechas, o agitando en las manos palos, garrotes, piedras y lanzas. Imagina también a los milicianos armados con fusiles que saldrán del cuartel a detenerlos, casi toca sus armas, casi huele el chispazo de la pólvora. La primera campanada, anunciando la misa dominguera lo vuelve a la realidad, son las cinco y media de la mañana. Juan Hilario, emocionado, no para de explicar.

—Me pidió que prevenga una bandera colorada, con imagen de nuestra madrecita Guadalupe, pa ponerla en la plaza de Tepí, y que la cuiden indios a caballo. Una mulata que se llama María Santos le conseguirá una camisa fina pa que la luzca ese día —continúa exaltado el viejo principal, sin darse cuenta del estupor que sus palabras provocan. Indios a caballo, ¿acaso el principal no recuerda que hay prohibición para que los indios monten a caballo o usen armas de fuego?, piensa el alcalde.

—Vete, Juan Hilario, prometo callarme lo que has dicho —rezonga José Desiderio. En su mente se agolpan las contradicciones.

—No puedo, debo arreglar los asuntos del Tlaxcalteco. En mí confía.

—Arréglaselos en otro lado —dice y se levanta de la piedra dispuesto a entrar a su jacal.

—Debe ser contigo, tú eres el alcalde de Tepí. Si no quieres, no te obligo, ahí te lo haiga, el Tlaxcalteco se enojará y te mandará horcar —amenaza. La claridad ya le permite ver el rostro largo y anguloso del alcalde, cuyo gesto denota preocupación y miedo. Al notarlo cambia de táctica. —Sólo pregúntate si quieres que tú, que tu mujer, que tus hijos indios sigan estando al capricho de los gachupines. Si te contestas que no, acuérdate que el Tlaxcalteco me dio el anuncio de que el tiempo ha llegado.

—Eso de que el Tlaxcalteco llegue se ha dicho de siempre.

—Pero ya vino, y dice que correrá a todos los gachupines, tonces los cerros, las lagunas, los pueblos volverán a ser de indios.

—Será con guerra.

—Con guerra o sin guerra, pero se dará...

—¿Qué te pidió que yo haga?

—Quiere que uno que sepa escribir, haga cartas, onde se avise a los pueblos de indios que el día de Reyes vengan a Lo de Lamedo y lo ayuden a entrar a Tepí. Eso quiere. Falta poco pa la guerra que tanto hemos preparado.

—Debo contárselo a los hijos del pueblo.

—Entoavía no es tiempo. Habla nomás con tu escribano, que él pinte letras en papeles, pa que los pueblos conozcan que nuestro Rey ya llegó.

—Hablaré, pero esto puede tener mala resulta: si los justiciales se dan cuenta, nos matan a garrote antes de prevenir todo...

—Todo será con el mayor sigilo.

—Mejor vete, Juan Hilario.

—Si no ayudas, te horcará el nuevo Rey —dice, Juan Hilario, no como amenaza, sino con la intención de que no haya traiciones entre ellos.

—La horca o el garrote, de todos modos no me salvo... hablaré con mi escribano, veré su parecer.

—Mientras tú lo arreglas, yo voy a misa, ya dieron las tres campanadas, hay que seguirnos portando como si nada supiéramos. Luego veré al Tlaxcalteco, le preguntaré qué quiere que se apunte en las cartas —dice Juan Hilario y se aleja con rapidez, como para no dar tiempo al arrepentimiento del alcalde.

Esa mañana de veintiocho de diciembre, en las casas reales de que disponen los indios, el escribano Juan Francisco Medina espera la llegada de Juan Hilario. Es de los pocos indios que saben leer y escribir y está al servicio del alcalde. Tras platicar con éste, no le queda clara su misión. Sentado en los escalones de afuera, siente el sol de las diez de la mañana quemarle la espalda. Hombre de treinta y nueve años, gusta de las canciones, el vino mezcal y las noches estrelladas o con luna. Le parece gracioso que su esposa tenga que buscarlo cuando no llega después de que oscurece, para que ningún topil lo detenga y lo lleve a la cárcel por cantar y escandalizar de noche.

Llega Juan Hilario. El alcalde los hace pasar a un cuarto que está junto a la cárcel, los tres se encierran y hablan bajando la voz. El viejo principal pone al tanto del asunto al escribano, le hace ver el beneficio silencioso de citar a todos por carta y le pide que escriba seis. Todas en sobre, todas cerradas, sólo se abrirán para leerse. Los alcaldes a quienes lleguen deberán extender un recibo y enviarlas con rapidez al siguiente pueblo.

El escribano desconfía del entusiasmo de Juan Hilario, que le entrega dos reales para que con ellos compre papel y tinta. Mira a su alcalde, quiere decirle que piensa que el asunto puede ser una trampa, que alguien puede estar engañando al viejo principal con malas historias, para después acusarlos de traición al Rey.

—¿Cómo sabes que el Mariano ése no echó mentira? Cualquiera puede decirse rey —advierte.

—No quiere que lo conozcan, pero yo le vi su máscara de oro… —se emociona Juan Hilario y levanta la voz para hablar del momento en que él vio brillar la máscara en su rostro. —Ninguno me lo dijo, yo lo vi con estos mis ojos, yo la vi brillar y apagarse, más prueba quesa no hay.

Sus palabras impresionan al escribano, que siente una alegría íntima al pensar que ellos, como indios, puedan tener también un rey y equipararse en eso a los españoles.

—Tantas cosas que dices, alguna puede ser cierta —razona Juan Francisco Medina, desplegada la sonrisa, con la esperanza en los ojos, demostrando que en su interior está contento de recibir a un rey de su misma clase que los invita a pelear su libertad. De pronto reacciona, recuerda los problemas tan grandes que están teniendo con los españoles, porque ellos insisten en que Tepic debe erigirse villa, dejar de ser pueblo, y de ese modo lograr que muchas de las tierras de los indios pasen a sus manos. Por eso envían cartas a Guadalajara y a México solicitándolo. Pero los indios se niegan, el cabildo entero rechaza esa proposición que les quitará muchas de las tierras comunales.

—No vaya a ser manganilla, Juan Hilario, no vaya a ser

trampa de gachupines, que quieren librarse de nosotros y hacer villa a Tepí —advierte.

—Ora no es tiempo de pensar eso. Ora es tiempo de apurarse a tener Rey —rezonga Juan Hilario.

—Tiempo de apurarse a tener Rey porque va a empezar otro año y debe de empezar sin que déjemos que nos quiten las tierras que quieren agarrar nomás por volver villa nuestro pueblo, todo va junto —razona el alcalde José Desiderio, ansioso de creer, de ver después del seis de enero a Mariano, con su corona de espinas, sentado en un equipal de oro. Necesita saber que hay alguien capaz de enfrentarse a las órdenes de los españoles, a sus abusos. Apenas hace tres días tuvo que meter a la cárcel de las casas reales a un joven indio que le llevó un gachupín. Lo apresó porque el gachupín lo puso a construirle una barda y al terminarla el indio exigió algún pago. Recibió a cambio diez latigazos y la cárcel como escarmiento, para que entienda que a los españoles ningún indio puede exigirles ni levantarles la voz. Tiene la certeza de que en los indios vive la esperanza de librarse de los gachupines, del tributo que se debe entregar puntualmente y por el que muchos dejan el pueblo para irse a trabajar a las minas, a las salineras, al corte de tabaco, con tal de reunir el dinero y evitar los azotes a que están condenados los incumplidos. ¿Por qué no tomar la llegada de Mariano como la señal de que el Tlaxcalteco se coronará Rey? Los temores se van, con voz segura ordena al escribano.

—Compra el papel que te dice y haz las cartas.

Callan los tres, están llegando los viejos principales y dentro de minutos se hará cabildo, en él verán los casos de los indios que, al no obtener cosecha, no pueden pagar el tributo que el pueblo debe entregar completo y a tiempo al subdelegado, don Juan José de Zea, también verán los casos de quienes, por evitar el castigo, prefirieron huir.

A la siguiente mañana, cuando el escribano y el alcalde llegan a las casas reales a cumplir con sus funciones, ven que afuera los está esperando el viejo Juan Hilario.

—Se harán las cartas, mi escribano ya compró papel y tinta —le informa el alcalde. El principal sonríe, con una sonrisa grande, larga, que quiere transformarse en carcajada.

—Queremos que nos enseñes al Máscara de oro —pide el alcalde.

—Dejó mi casa ayer, va pa San Blas —miente Juan Hilario. ¿Por qué no entienden que hay que evitar cualquier movimiento innecesario?, él tiene órdenes de Mariano, y nadie puede mirarlo antes de la coronación.

En los rostros del alcalde y del escribano se dibuja la decepción.

—Vamos a mi casa, es de peligro que nos miren haciendo cartas —comenta José Desiderio. El escribano y el indio principal asienten con la cabeza.

Juan Francisco Medina, indio más alto que la mayoría de hombres de su raza, robusto, moreno, de aproximados cuarenta años, seca en su camisa de manta el sudor de sus manos, luego toma la pluma a la que le ha sacado punta, la moja en el frasco de tinta y escribe lenta y claramente las disposiciones que el indio Mariano le dio a Juan Hilario:

"Noticia a todos los gobernadores o alcaldes de todos los pueblos indios de este Reino de Indias, que para la entrada al pueblo de Tepic, los espero el día cinco de enero, del mes primero del año 1801, a orillas de Tepic, a la parte del Poniente, en donde llaman Las Higueras de Lo de Lamedo. Sin ninguna excusa, con citación de todos los indios viejos y mozos, para la campaña de mi entrada a Tepic y mi coronación el día de Reyes, que soy Mariano, el Rey de Indias. Irán todos, pues aunque sean soldados, como no sean gachupines, llevarán su bandera blanca, llevarán las armas, ya sean lanzas, flechas, cortantes, hondas, palos o piedras, para pelear lo de nosotros. Encargo que con el mayor sigilo, sin que el Alcalde Mayor lo sepa, y ningún vecino de Tepic lo sienta, se me hagan presentes en la parte que les cito. Pasa esta carta a otro pueblo. Al gobernador o alcalde a que ésta llegue, se hará cargo y a aquella misma hora, sin detención ninguna, la remitirá a otro pueblo".

Con letra cuidada escribe Juan Francisco Medina. Copia otras dos ocasiones la primera carta y las deja secando sobre la mesa. Cuando las tres misivas están secas, se las entrega al alcalde prometiendo que al día siguiente hará las que faltan, junto con los sobres en que las guardará.

Contento se despide Juan Hilario. Discretamente irá a casa de María Paula de los Santos a hablar otra vez con Mariano. Necesita decirle que consiguió su propósito, que al día siguiente estarán listas las seis cartas y serán entregadas a los pueblos de Xalisco, San Luis, San Andrés, Huaynamota, Pochotitán y Acatán, para que luego sigan su rumbo por muchísimos pueblos, tantos, que no los sabría contar, pero están en las sierras, en las barrancas, en las costas y en los valles de lo que antes les pertenecía y ahora forma el reino de Nueva Galicia. Hombres bien escogidos las llevarán por cordillera y las entregarán únicamente a los alcaldes de indios. Éstos llamarán a sus escribanos para que las lean y a los viejos principales para que den su opinión, como lo hacen cada que el subdelegado les envía cartas con órdenes. Bastará una nota de recibido para enviarla a otro pueblo y a otro, hasta que todos los indios sepan que el cinco de enero deben esperarlo en Lo de Lamedo, como él ha pedido, para llevarlo a Tepic el día seis y coronarlo Rey. Apresura el paso, es lunes, atardece, y faltan horas para que sea martes y el indio Mariano, con su disfraz de limosnero, salga hacia San Blas.

El alcalde José Desiderio Maldonado despierta. Es media noche. Coloca la mano sobre el pecho, buscando alivio a su corazón que late con fuerza y rapidez. Tarda en tranquilizarse. Se levanta, mira hacia el ancho camastro de varas de otate en que duerme María Ignacia, su mujer, rodeada de sus hijos. Tratando de no hacer ruido para no despertarlos, sale al aire de la noche y un escalofrío le recorre la espalda cubierta apenas con una manta. Se presiona con ambas manos la nuca, luego sacude la cabeza como buscando alejar los pensamientos que le producen miedo. Regresa al jacal, enciende una vela. Apoyada la espalda en una de las paredes, reflexiona, sentado en cuclillas. Trata de recordar hasta los mínimos detalles de la pesadilla. Se soñó pájaro, era un esbelto zanate negro y sobrevolaba la parte trasera del cerro de San Juan, al frente vio un lugar de higueras gigantes. El sol dejaba en sus plumas destellos de obsidiana, sobrevoló las higueras y logró distinguir abajo a miles de indios bailando alrededor de una inmensa máscara de oro. Empezó a descender cuando notó una sombra arriba de él. Levantó los ojos y vio el águila gigante que descendía en picada; era un águila que tenía el rostro inconfundible de don Juan José de Zea, el juez subdelegado de Tepic. Eran sus mismos ojos azules y fríos, la misma nariz curvada y el gesto fruncido y duro del que va a castigar. José Desiderio quiso huir, apartarse de las garras que ya se contraían para hundirse en su emplumado lomo. En ese mismo instante las sintió duras y filosas perforar su espalda y desgarrar sus pulmones. Le faltaba aire y despertó con sobresalto. En el otro camastro, María Ignacia, autómata, mueve el brazo para arrullar al recién nacido que llora quedamente, luego vuelve a dormirse.

Un miedo irracional se apodera del alma del alcalde José Desiderio Maldonado. ¿Qué significa el sueño? ¿Qué ha hecho? Ya comenzó la rebelión a que se había comprometido, tiene escondidas tres cartas que, si son encontradas significarán su prisión o su muerte. Tres cartas... Y en cuanto amanezca regresarán Juan Hilario y el escribano a terminar las que faltaron, para que a las cuatro de la madrugada del seis de enero, muchísimos indios escondidos en las higueras de Lo de Lamedo, reciban a su Rey y entren con él a Tepic entre danzas y música para coronarlo, ¿y si no? ¿Si algún alcalde siente miedo y entrega la carta al subdelegado, o al sargento o al cura gachupín? ¿Estuvo bien dejarse convencer por la sola palabra de Juan Hilario? Tiemblan sus manos mientras su frente suda. ¿Castigarán también a su familia por lo que él está haciendo? Sus hijos, sus cuatro hijos que duermen tranquilamente a sólo unos pasos no tienen ninguna culpa ¿Quién va a fijarse en eso? Es insoportable la vida si se doblega a los caprichos españoles, pero si se rebela, le espera la tortura y la muerte. Siente el impulso incontenible de sublevarse ante despojos y castigos, pero cuando ve a su familia, desea que ella sobreviva aunque sea en el oprobio. Hace rato que están en relativa paz, aunque no deja de pensar en las tierras que los gachupines se quedarán si Tepic se convierte en villa. ¿Por qué le habrá tocado vivir entre dos lumbres? No. Él ya no quiere participar en esa locura, no, no quiere poner en riesgo a su familia. No, no mandará armado a su pueblo ni tampoco enviará niños que, vestidos con ropa de danza, vayan bailando por las calles delante del que quiere ser Rey, como una ofrenda a su grandeza. Febril, angustiado, saca las tres cartas y las hace pedazos. No contento con ello, toma los fragmentos, va hasta el cuarto de carrizo que es la cocina y los deja caer entre las tres piedras que forman el fogón, sobre los tizones blanqueados de ceniza en que se calentó la cena. El humo que asciende y se retuerce le va devolviendo la tranquilidad. Cuando nada queda de las cartas, regresa a su cama e intenta dormir.

Al día siguiente, penúltimo día del año, amanece con escalofríos y dolor de cabeza. Manda a uno de sus hijos a que avise al viejo principal que ha roto las cartas. Sólo así puede dormir tranquilo hasta media mañana. Debilitado, se levanta, sale al patio y ve con sorpresa que al fondo, junto a la cerca de varas que protege su mínimo sembradío de jitomate, está el viejo Juan Hilario acompañado de Juan Francisco Medina. Encima de un petate se secan al sol seis cartas recién escritas por su escribano, que ahora dobla con cuidado unas hojas de papel para darles la forma de sobres. Al verlo, el anciano principal las protege con su cuerpo y le dirige una mirada retadora. José Desiderio no tiene ánimos para pelear, se siente enfermo, inerme ante su destino. Levanta los hombros, intuye que si él destruyó las cartas, pero éstas han vuelto a hacerse, existe alguien, algo, alguna fuerza contra la que no puede luchar, que insiste en que el indio Mariano se corone Rey tal como estaba previsto, de manera que asume lo inevitable, la contradicción, el pánico ante el castigo y la esperanza de la liberación.

—Mándenlas, que pase lo que Dios diga —comenta, y regresa a tirarse en el camastro de varas. Siente que la llegada del indio Mariano es una maldición que le impedirá vivir en paz. Ya lo presentía, no queda más que ofrecer su sangre para detener aunque sea un poco el embate de los gachupines, porque el Dios crucificado no oye sus peticiones de justicia.

Juan Hilario y Juan Francisco Medina meten las cartas en sobres y, ayudados por una vela, las sellan con cera. Seis misivas, seis cartas invitando a los indios a recibir y coronar a Mariano, a pelear junto a un Rey distinto al de España, están listas para recorrer los pueblos indios.

Pedro Antonio García

4

AÚN NO AMANECE, montado en una mula rojiza, el principal Juan Hilario Rubio toma el camino real que va hacia Guadalajara. Confía en la destreza de la mula que, guiada por su instinto y una tajada de luna, avanza entre la oscuridad. Ocultas en un morral desteñido lleva dos de las cartas convocatorias. Se comprometió a entregar una en San Luis de Cuagolotán, al alcalde Pedro Antonio García, que es su compadre. La otra la hará llegar a Pochotitán, al alcalde Diego Francisco, quien no le agrada por ser un hombre muy viejo al que sus más de setenta años no le permiten entusiasmarse y lo han vuelto desconfiado y huraño, pero él prometió entregar también esa carta y lo hará aunque eso signifique un disgusto.

Está amaneciendo. La semipenumbra ya le permite ver que le falta poco para llegar a la desviación hacia El Camichín. Contempla a la izquierda el oscuro promontorio que forma el volcán de Sangangüey, cuyas cimas apenas toca la luz del sol, luego mira atrás y hacia la derecha, donde el cerro de San Juan despliega a los primeros rayos su eterno verdor y sus múltiples jorobas. Le gusta Tepic, sus valles, lomas y río. Ha aprendido a querer el pedazo de tierra que su comunidad le permite poseer y donde mezcla tierra roja y barrosa para hacer tejas, o tierra amarillenta para hacer adobes; donde construyó un rústico horno para cocer sus tejas y vivir de lo que fabrica.

El camino hacia El Camichín va en ascenso y el sol es radiante, mira hacia abajo: cobijado por una tela finísima de niebla que se desgarra en las espigas de los cañaverales, ha despertado el valle de Tepic-Matatipac. Juan Hilario nació en el pueblo de Mascota y ahí vivió veinte años, hasta que la necesidad le hizo llegar a Tepic, a alquilarse en algún trabajo. Iniciaba el año, las cañas estaban maduras y él traía machete. Fue uno más de los jornaleros encargados de cercenar hojas, despuntar y cortar la caña. Sudaba al asestar los machetazos, sudaba al cargar los tercios de pesadas varas y llevarlos hasta las carretas, en que bueyes uncidos y de ojos tristes esperaban el chicotazo de los carreteros para echar a andar lentamente hacia el ingenio.

—Qué juerzas tenía yo en ese entonces, Colorada, hubieras visto, no era yo este hilacho que se quiere derrengar cargando adobes —le dice a la mula, al tiempo que le golpea con los talones los ijares para que el animal acelere el paso.

Pasa El Camichín hundido en sus recuerdos. Ya no pudo regresar a Mascota porque en Tepic se encontró con los ojos de una muchacha. La familia de ella tenía una sola vaca y María Gertrudis Real pasaba cada mañana con un cántaro en la cabeza pregonando leche fresca. Sus ojos y sus pestañas eran grandes, demasiado grandes para una niña de doce años, flaca y larguirucha. El poco dinero ganado en la zafra se lo gastó en jarros de leche que le gustaba tomar mirando aquellos ojos. Ya no quiso regresar a su pueblo, esperó más de un año a que le dieran permiso de dejar Mascota en donde estaba retasado para pagar sus tributos. Como indio que era, no tenía libertad de dejar un pueblo y cambiarse a otro nada más por gusto, alterando las listas de tributarios y haciendo que las autoridades lo buscaran y lo castigaran como a muchos indios ausentes, que preferían esconderse en lugar de pagar. Él habló con el juez y los doctrineros, exponiéndoles sus motivos para el cambio. Cuando le concedieron el permiso se casó con María Gertrudis Real y fue dado como hijo al pueblo de indios de Tepic. Esperó hasta que lo consideraran parte de ellos para pedirles un pedazo de suelo dónde vivir con su mujer y Juan Bautista, su primer hijo. Se sintió parte de Tepic cuando lo anotaron en esa lista de indios tributarios.

—Con el sol en ascenso camina hacia el cerro de las Navajas. La vereda es angosta y el camino empinado. El agobio del aire caliente da paso a rachas de aire frío que le agitan el sombrero. Cansado y sediento llega a San Luis de Cuagolotán.

—Compadre, te digo que así tan rápido no le entro —reitera Pedro Antonio García, todavía con la carta en la mano.

—Ya habíamos hablado de esto y ora te da miedo.

—No quiero comprometer mi pueblo sin antes consultar. Seré responsable de lo que pase, y tú también.

—Di que sí, muestra que no es por miedo que te detienes —reta Juan Hilario. Considera a su compadre una persona inteligente. Indio cora, aprendió a leer y a escribir sin que nadie le enseñara. Es de los pocos alcaldes que no requiere de escribano para hacerse cargo de sus asuntos, por eso lo han reelegido en dos ocasiones.

—Pides cosas que no.

—Sólo pido que me recibas la carta y la mandes a Santa María del Oro, de allí se va de cordillera y tú te desentiendes.

—Necesito hacer cabildo, hablar con mis principales, ver qué dicen.

—Ya estaba apalabrado, dirán que sí.

—Dirán que no, hacen desconfianzas, han esperado tanto que les ha dado por decir que el Tlaxcalteco es un cuento, sueño de indios nomás. Tanto que hablábamos de él y no aparecía, tanto que lo esperamos y no llegó... Mira cuándo se aparece: cuando ya los principales traen miedo y se la pasan diciendo que mostrarse traidor al Rey gachupín trae grande castigo.

—No tenemos Rey gachupín, el nuestro es el Tlaxcalteco. ¿Por qué no le crees?

—No lo conozco, no sé qué piensa y cómo beneficie pueblos el Mariano que cuentas. Algo me dice que no es el Máscara de oro que tú crés, algo me previene: al traidor, los gachupines le mochan la cabeza —responde el alcalde de San Luis de Cuagolotán. Juan Hilario se angustia, en su plan está que desde San Luis salga una carta hacia Santa María del Oro, y recorra Tequepexpan, Xala, Xomulco, y eso debe cumplirse. Las respuestas de su compadre lo cercan. Se decide de nuevo por el reto.

—Tienes miedo.

—Miedoso no soy.

—Pruébame que no.

—No me mando solo, debo hacer cabildo.

—Hazlo, pero antes manda esta carta a Santa María del Oro.

—Tengo que enseñarla a mis principales.

—Compadre, tú sabes lér, tú ya la leyiste, sabes qué trata, les puedes contar su asunto.

—No es lo mismo —responde el alcalde.

Por momentos Juan Hilario se siente perdido y decide jugar su última carta.

—Pedro Antonio, eres mi compadre y te escogí por listo, todos consideramos que sabes más que muchos, por eso tanteo que puedes contarles lo que decía la carta. Esto está platicado de hace mucho, buscábamos la señal y ya la tenemos. Junta a los del cabildo, diles que deben aprevenirse y estar el día de Reyes en Lo de Lamedo. Hay que estar con el Tlaxcalteco pa que no caigan males a la gente.

—¿Males? Qué males —pregunta intrigado el alcalde.

—Afigúrate que unos jalen y otros no. Tan seguro stá Mariano de ganar la guerra, que ya se aprevino: me pidió que ponga muchas sogas en la plaza de Tepí, pa colgar a los que no lo creyeron su Rey. Ya coronado, el Tlaxcalteco mandará llamar a los pueblos que no lo siguieron, y ai se los haiga a ésos.

—Tonces, ese Mariano es igual de malo que el Rey gachupín.

Juan Hilario se desconcierta ante el comentario. Calla nos instantes, busca la manera de contestarle.

—El Máscara de oro quiere que todos los indios nos júntemos con él, de ese modo tendrá más juerzas pa correr a los gachupines y…

—Los gachupines no se van sin guerrear.

—Sí, pero semos montones de indios, y todos enojados de cómo nos tratan. Cuenta a los que andan en la costa, a los que viven en pueblos grandes y a todo el montonal de flecheros del Nayarí, que son bien bravos, ves que cuando lanzan sus flechas aúllan como si fueran perros del mal. ¿Quién nos para? Si todos jalamos, en Tepí no queda un gachupín ni pa un remedio.

—Lo miras fácil —se defiende el alcalde de San Luis. Juan Hilario nota que duda, que no razona con la misma fuerza inicial. No sabe por qué le tocó convencer cuando sólo debía comunicar. Conoce a su compadre, sabe que es indio cora, supersticioso, creyente de sus deidades, por eso le dice:

—Es fácil, cosa de crér en uno, de crér en Dios, en nuestros dioses, en el Jesús crucificado en que se esconde Tayó, el Padre Sol; en la virgen del Rosario que guarda debajo de sus naguas a Tatí, Nuestra Madre que cuida el máiz; en el San Miguel, que todos sabemos que es Tahás, Nuestro Hermano Mayor. ¿Crés que ellos te van a dejar solito en manos enemigas? Yo sé que Mariano es el Rey Mago que faltaba en la adoración del niño Dios. Con la ayuda de ellos no podemos perder. Ten fe, convence a tus principales, haz que quieran ir con el Tlaxcalteco.

Nervioso, Pedro Antonio García siente en sus espaldas la carga de la esperanza y la muerte, pero acepta participar.

—Tá bien, buscaré convencerlos. Lo del Tlaxcalteco es algo hablado, hace mucho sabemos qué hacer. Tenemos que ir recio, antes que los gachupines nos quiten más tierras —y piensa que, además, se avecina un nuevo despojo.

—Prevente ocho de a caballo. Hazles el encargo de que van a cuidar la bandera de nuestra madrecita Guadalupe que pondremos en la plaza de Tepí. La demás gente debe irse a Lo de Lamedo, a recibir al Tlaxcalteco, a meterlo a la juerza y hacer que lo coronen; a guerriar hasta que se acaben los gachupines. Anímate, compadre, somos rete hartos. Xalisco se compromete a llevar muchachos vestidos de danza pa recibir a el Máscara de oro. Eso tá bueno, que se vea que nuestro Rey vale más quel gachupín y por eso le hacemos bailes con pitos, tambores y banderas. Montón de pueblos han dicho que sí.

—¿Cuántos pueblos ya son convidados?

—¡Todos!, nomás figúrate que son seis cartas y ya se despacharon. Todos responden que la señal es buena, la que esperábamos. Sólo faltan ustedes y los pueblos que les quedan de cordillera. Ah, se me olvidaba, también falta la carta de Pochotitán.

—¡Tengo en mi casa uno de Pochotitán! —exclama Pedro Antonio, sorprendido por la coincidencia.

—Hay que darle la carta a ése, ¿quién es?

—José Ponciano.

—No lo conozco, pero trailo pa que le haga encargo de que se la de a su alcalde. Esta carta importa mucho, es la que llegará a levantar los pueblos de los flecheros del Nayarí.

—No está orita, pero dámela, en cuanto lo vea se la doy —asegura el alcalde.

Pedro Antonio García despide a Juan Hilario, y se queda viendo al camino por el que se aleja. Cuando la silueta de su compadre es un punto en la distancia, el alcalde de San Luis de Cuagolotán empieza a analizar los hechos. Se comprometió a convencer a los ancianos principales de que ya llegó la señal que estaban esperando para ser libres. Se responsabilizó de que su pueblo acuda a Lo de Lamedo, también dijo que enviaría a ocho hombres a caballo para cuidar una bandera en la plaza de Tepic, y envió al arriero José Nepomuceno a que entregara la carta en Santa María del Oro. Se rasca la cabeza, ha esperado la señal, pero algo le hace tener un mal presentimiento. ¿Será que se dejó convencer por Juan Hilario guiado por su propio resentimiento? No sabe si reprocharse la debilidad o prepararse para dejar caer toda su rabia en los gachupines. La incertidumbre no lo deja tranquilo.

Por el camino viene María Isabel, cargando un gran chiquihuite con la ropa recién lavada en el río, que marca la entrada al pueblo. Va al encuentro de su esposa y le ayuda con la carga, al hacerlo nota que sus músculos tiemblan.

En cuclillas, mientras todos comen alrededor del comal en que las tortillas se inflan, siente como si una piedra le impidiera pasar los alimentos. Apenas prueba los frijoles recién hechos y el guiso de calabazas con jitomate y chile. María Isabel mueve la cabeza desaprobando que esos frijoles que tardaron tantas horas borbotando en olla de barro, que esos frijoles que encargó a una de sus hijas mientras iba a lavar, sean despreciados.

En silencio, Pedro Antonio García deja el plato en el suelo y se incorpora, la comida ha perdido sabor y lo atraganta. Sale, da vueltas en el pequeño patio hasta que entiende que no puede posponer más el asunto. Nervioso, manda a sus hijos a que llamen a los principales. Les encarga que les digan que habrá cabildo, para tratar sobre un mandato que pasó por cordillera. Lo hace mientras su miedo lo vuelve a traicionar y empieza a desear que los ancianos rechacen la propuesta de Juan Hilario, duda de obedecer a un rey que ni siquiera se atreve a firmar sus misivas.

Mientras aguarda, se reprocha el descuido en que tiene sus actividades ceremoniales. No se ha dado tiempo para ir a cuevas sagradas a dejar ofrenda a sus dioses, ¿será por eso que no está convencido del llamado de Juan Hilario? Terminará el collar de piedritas de río de muchos colores que tiene empezado e irá a dejárselo a Gualu Tetewa, necesita la protección a ese poderoso espíritu del mundo subterráneo que tanto se parece a la virgen de Guadalupe.

El alcalde de San Luis de Cuagolotán no se puede quitar las cartas del pensamiento, sopesa los riesgos de que una se haya ido hacia Santa María del Oro y la otra hacia Pochotitán y se aferra a la idea de que sus dioses lo protegerán. Pero lo que no sabe Pedro Antonio García ni tampoco imagina Juan Hilario, es que antes de meter las cartas al sobre, el escribano de Tepic, Juan Francisco Medina, tuvo la curiosidad de numerarlas. Puso un número pequeño en la parte trasera e inferior de cada una y es por eso que se puede saber lo que pasó con cada una, y conocer que la carta uno nació con mediana suerte, pues desde Tepic la llevó corriendo un mensajero hasta Huaynamota, y su alcalde, después de recibir el aviso de que ha llegado el Rey, la enviará a Mecatán, de donde saldrá para Xalcocotán. Luego será regresada a Huaynamota para que el alcalde la haga pedazos. La carta dos es la que Juan Hilario acaba de entregar a su compadre, llegará a Santa María del Oro. De ahí la enviarán a Tequepexpan y luego a Xala de Abajo, donde el alcalde Felipe Velázquez hará cabildo de tres pueblos, para que Xala de Arriba y Xomulco sepan que se dio la señal. La carta tres es la que también llevó Juan Hilario hasta San Luis, la que se entregó a José Ponciano para que la llevara a Francisco Diego, el viejo alcalde de Pochotitán, hombre malhumorado y receloso que al no verle firma la regresará a San Luis, evitando que siga por codillera hacia los pueblos aguerridos del Nayarit. La carta número cuatro la entregará el alcalde de Tepic al de Xalisco, para que la envíe al de Zapotlán de la Cal, quien la enviará al de Mazatán y será devuelta a Xalisco para que su alcalde, al no saber qué hacer con ella, la guarde entre sus papeles. La carta cinco nació con más suerte que todas, si fuera golondrina se cansaría de tanto volar. El alcalde de Tepic la se la entregará al de San Andrés en Las Cuncunarias, y éste, emocionado, la enviará al alcalde de Acatán, que la pasará al de San Diego y éste la hará llegar al de San Juan Bautista, que la pasará a Acaponeta y de allí viajará hasta Huajicori, para tomar luego el camino de Ixcuintla, donde la leerá un español que en vez de delatar el movimiento hará una copia. La carta cinco y su hermana gemela seguirán volando, levantando pueblos y esperanzas, alertando sobre la señal que esperaban los indios de Santiago, Caimán, Milpillas, Quiviquinta, Picachos, Tuxpan, Mexcaltitán, Ixtlán, mientras que la carta número seis apenas tendrá oportunidad de abrir las alas, pues el alcalde de Xalisco, tras aceptar inmiscuirse, la destruirá.

Los ancianos llegan a las casas reales de San Luis, toman su lugar en el salón de juntas y aguardan. Ya tranquilo, sostenido por todas sus creencias, Pedro Antonio García se coloca al frente, dispuesto a darles la buena nueva.

José Andrés López

5

EL ALCALDE INDIO DEL PUEBLO de Xalisco, José Andrés López, va rumbo a Tepic. Lo acompaña Juan Crisóstomo Urbina, un mulato joven que es su escribano, y también uno de los ancianos principales llamado Felipe Santiago Jiménez. Los tres van en silencio, cada quien metido en sus reflexiones.

Cuando el escribano Juan Crisóstomo Urbina sacó del sobre sellado con cera la carta que les envió el alcalde de Tepic, no imaginaba su contenido. Al irla leyendo empezó a comprender de qué trataba, e inconscientemente fue bajando la voz. Casi en un murmullo dijo las palabras finales: "Sin que el Alcalde Mayor lo sepa, ni ningún vecino de Tepic lo sienta, se me hagan presentes en la parte que les cito".

Los ancianos principales de Xalisco, que a petición del alcalde se habían reunido ese último día del año en las casas reales, quedaron desconcertados. Ninguno habló, la mayoría cerró los ojos y se concentró en fumar y fumar, buscando en el humo del tabaco la inspiración necesaria para intercambiar ideas. El más viejo de todos se incorporó trabajosamente de donde estaba acuclillado e hizo una observación:

—Si no hay que enterar al Alcalde Mayor, tonces ha llegado lo que esperábamos.

Asintieron muchos con un movimiento de cabeza y siguieron fumando.

—Llegó la guerra —sentenció otro.

—Si la señal no es la buena, mal haríamos en mandar la carta a otro pueblo —dijo uno más, rascándose la cabeza. —Mejor sería que tú, José Andrés, te hicieras cargo del papel ése, escondiéndolo onde nadie se lo pueda hallar.

—Todos somos del mismo parecer, ya no pases ese papel a los pueblos hasta saber más —dijo el más viejo. El alcalde la rompió frente a todos, como sellando un pacto de silencio.

—Bien que la rompas la carta, José Andrés, pero como alcalde queres, mucho te encargaría que vaigas a Tepí, a noticiarte bien. Cuando vuelvas nos juntas y nos dices.

—Así hazlo. Se ha llegado el tiempo de saber. Vete mañana, llévate el escribano y algún otro al que no le canse el camino —sugirió un anciano enredado en una manta.

—Si usté quiere, don José Andrés, yo también voy —ofreció uno, aún fuerte y robusto, al que nadie quería creerle que llevaba la cuenta de sus años y ya había pasado de los sesenta.

El alcalde miró a Felipe Santiago Jiménez, un viejo que para demostrar su respeto a los demás, los trataba siempre de usted, haciéndolos sentir personas importantes. Hombre viudo, con todos los hijos casados, su único entretenimiento era la milpa, pero lo había visto recoger días atrás la exigua cosecha. Sabía que no le gustaba estar solo y por eso se ofrecía en tareas que los demás dejaban de lado. Quizá le daría tristeza entrar a su jacal solitario, donde sólo lo esperaba un perro negro y viejo.

—Tá bueno, Felipe Santiago, tonces mañana iremos yo, Juan Crisóstomo, y tú.

Caminan la legua y media que los separa de Tepic, sintiendo el calor de un sol que porfía por asomarse entre nubes grises. De tanto en tanto se detiene José Andrés López a tomar agua del bule que cuelga de su hombro. Los demás lo imitan. José Andrés tendrá apenas cuarenta años, pero acaba de salir de una enfermedad que lo postró semanas y su cuerpo no se ha recuperado del todo.

En cuanto José Desiderio Maldonado, el alcalde de Tepic, los ve llegar, intuye el motivo de la visita. Deja pendientes las instrucciones que iba a dar a los topiles y llama a su escribano.

—Tú que hicistes las cartas, ayúdame a contarles a los de Xalisco cómo es la cosa —dice a Juan Francisco Medina con tono de reproche.

El alcalde los pone al tanto de todo lo que le ha contado Juan Hilario, y el escribano les habla de las rutas que llevarán las convocatorias. Los de Xalisco callan, en su rostro hay un gesto de preocupación, no están muy seguros de que la señal sea la que esperaban en ese llamado a la guerra.

—Esto que oyeron es de mucha cautela —les aclara, temeroso, José Desiderio Maldonado.

—Ni falta hace que lo digas. Vamos a pensar si todo está bien, si nos comprometemos o no.

José Andrés López, Juan Crisóstomo Urbina y Felipe Santiago Jiménez regresan sofocados, el sol en cenit les picotea los hombros y quita vitalidad a su tranco. El escribano Juan Crisóstomo va pensando en un primo José Longino, que es esclavo. El amo murió y él solicitó su libertad. El fiscal se la negó, mandó que tasaran cuánto valía y ordenó que se procediera a donarlo a alguna institución o a venderlo en subasta pública. La esposa de su primo, mulata a la que años atrás sus amos le otorgaron la libertad, fue a pedirles un préstamo para poder comprarlo. Casi nadie en la familia tenía dinero y la mujer se fue, esperanzada en que los seis reales, un medio y siete maravedíes que logró reunir, le alcancen para comprar la libertad del marido. Sacude la cabeza, no quiere llenarse de tristezas. Piensa en la iglesia, en el coro al que pertenece, en las voces de dulces agudos que suben hasta la cúpula cuando le cantan a Dios y a los santos de piadosos ojos.

Se alegran cuando a lo lejos distinguen las torres de la iglesia y las huertas de enormes árboles frutales. José Andrés López levanta el bule de agua y desde arriba suelta el chorro fresco que le baña el rostro. Reconfortado sigue a sus acompañantes.

Ya en el pueblo, tres mensajeros salen corriendo de las casas reales para avisar a los ancianos principales que su alcalde llama a cabildo.

Poco a poco se llena el salón de juntas: choza rectangular, de techo cónico, en que se mezclan adobes, zacatón y palos. Puerta que mira hacia el Oriente, mientras al Poniente luce dos agujeros que sirven como ventilas y permiten el paso de un poco de luz. Algunos se sientan en las piedras que, formando un círculo, se utilizan como sillas; otros se acuclillan recargando la espalda en las desnudas paredes de adobe. El principal Felipe Santiago vigila la entrada para que nadie más que ellos escuche lo que tratarán.

—Nos noticiaron que el principal Juan Hilario tuvo en su casa a uno que se nombra Mariano, ¡es el Tlaxcalteco, el Rey de la máscara de oro! Antes dirse a San Blas, lo facultó a que junte los pueblos pa su coronación. Juan Hilario dictó las cartas. Nos ocupan el día cinco, en las higueras de Lo de Lamedo, hay que estar todos los más de cada pueblo, pa que de allí sálgamos la madrugada del día de Reyes, a tomar Tepí. Hay que cargar arma, peliar hasta que el padre guardián o el obispo le pongan corona al Tlaxcalteco. Todo es de mucha cautela, como lo teníamos previsto —informa el alcalde.

—Ya oyimos, ora falta saber pa ónde vamos a jalar —alerta Juan Crisóstomo Urbina.

Nadie responde, la mayoría ensaliva una hoja de maíz, le coloca a lo largo hojas trituradas de tabaco y la enrolla hasta darle la forma de cigarro. Un tizón de ocote pasa de mano en mano y ellos prenden uno de los extremos. Fuman, fuman como si eso fuera lo único importante. Entrecierran los ojos, aspiran profundo y exhalan humo azuloso. Inhalan, exhalan, hasta que apenas pueden verse los rostros a través del humo.

—Si jalamos pal lado del Tlaxcalteco, sin estar seguros que ésa es la señal, los gachupines nos horcan— advierte después de tiempo un anciano de ojos opacados. Algunos ceños se fruncen, algunas miradas se cruzan.

—Es asunto de mucho sigilo.

—Entoavía no podemos decir qué se hace. José Andrés, vuélvete a Tepí, tienes que hablar con el principal que vio al Rey Indio, que diga de bien a bien qué le encargó.

—Sí, vayan, procuren platicar con ese mentado del Juan Hilario.

Obedientes a las órdenes recibidas en cabildo, los tres indios vuelven a andar la legua y media que los separa de Tepic. Sus piernas acumulan el cansancio de los tres viajes, y la legua y media se siente más larga. El olor a caña quemada los hace desviar los ojos hacia los sembrados en que las cañas de altas espigas son acariciadas por las rojas lenguas de fuego de la zafra. Aspiran lo azucarado del aire, e intentan convencer a su cuerpo de que falta poco para llegar.

En Tepic, tienen suerte de encontrar a Juan Hilario en las casas reales. Él les habla del Rey que visitó su casa, les cuenta orgulloso que lo eligió para que el día de la coronación lleve una bandera roja en la que estará bordada la virgen de Guadalupe, y que ya mandó a hacer. Esa bandera representará su lucha y habrá de colocarse en la plaza de Tepic, donde la cuidarán indios a caballo. Habla de Mariano, lo describe disfrazado de pordiosero, y se entusiasma al decirles que en verdad es rey. Habla sin que puedan interrumpirlo, le inventa a Mariano un peligroso viaje en el mar, del que salió nadando, una lucha a lanzazos con el rey de España, le coloca cacles, pectoral, máscara, pulseras de oro, maravillando a los de Xalisco.

—Tenemos que obedecerlo. Ustedes háganse cargo de una bandera blanca, dos tambores y doce muchachos vestidos pa danza —sugiere.

—Sin conocer a ese Rey Indio, no entramos al asunto —advierte José Andrés.

—No se puede, Mariano se fue a San Blas —contesta Juan Hilario sin poder disimular el desconcierto.

—No entramos si no dan noticia al subdelegado —asegura Juan Crisóstomo, el escribano. —Es bien sabido que lo que el subdelegado no autorice, no lo puede hacer un indio.

En su desesperación, Juan Hilario ofrece avisar al subdelegado y también al guardián de la Santa Cruz, además, les comenta que el obispo, ese señor tan importante para los curas, llegará a tiempo para colocarle a Mariano la corona de espinas de Jesús Nazareno.

—Todo eso tá bueno, don Juan Hilario, pero si la señal no es la buena, tonces, los indios debemos hacerles ver a los gachupines que sólo reconocemos dos reyes: el del cielo y el de España. Al que no le crean, será porque los dioses lo agarraron pa sacrificio, pero todo sigue siendo de peligro —advierte el viejo Felipe Santiago, resistiéndose a creer la sola palabra del anciano.

Juan Hilario levanta el rostro, mira desdeñoso al escribano y al principal, luego fija los ojos en el alcalde de Xalisco.

—Sólo a ti te toca decir qué se hace, José Andrés.

—Sabes que ningún alcalde hace nada sin la voluntá de su pueblo y de su cabildo. Ya vimos lo que tratas, no nos das seguridá y mejor no entramos —contesta el aludido.

Juan Hilario consideraba que todos obedecerían al Tlaxcalteco, y le sorprende la respuesta. ¿Por qué se niegan los de Xalisco si la señal es buena, y él, el mensajero del Máscara de oro? No los dejará ir, a él le encargaron avisar a los pueblos y lo hará a costa de lo que sea, dio su palabra y debe cumplirla. Le tienen miedo al sacrificio, que ha servido como último recurso para confundir a los españoles. No deberían negarse. Viene de San Luis, a donde fue a lomo de mula, a dejar a su compadre, el alcalde Pedro Antonio García, una de las cartas. Pedro Antonio tampoco quería entrar, pero él habló y habló y al final amenazó hasta convencerlo. Si el pueblo de San Luis de Cuagolotán, que es más difícil por ser de coras cerreros va a participar, ¿por qué no habrá de hacerlo el de Xalisco? Más que mensajero, siente que le está tocando ir al frente de una causa que los pueblos ya habían decidido defender. Cambia de táctica y amenaza:

—A niuno se obliga, el que quiera entra y el que no, no, pero ai se lo haiga al pueblo que no se presente como ya estaba apalabrado, a ése le dará su premio el Tlaxcalteco, Máscara de oro —dice pasando el puño cerrado de la mano derecha, a lo ancho del cuello, como si trajera un cuchillo, dándoles a entender que por desobedientes o traidores a su causa serán degollados.

Alcalde, escribano y principal se miran, no habían contemplado la posibilidad de ser castigados. José Andrés López tiene prisa por alejarse. Juan Hilario lo jala, llevándolo a un extremo del cuarto, ahí bajando la voz, le dice:

—¿Sabes por qué me ofrecí a sostener esto?, porque pienso que el Tlaxcalteco también es el Rey que faltaba en la adoración del niño Dios.

—¿Qué hablas?

—¿No sabes que cuando los Reyes Magos llegaron a adorar al Niño Jesús sólo eran dos?

—¿Qué no eran tres?

—No, dos nomás, uno el español, otro el negro, pero faltaba el indio.

—¿Y qué con eso?

—Pos… yo tanteo: este tlaxcalteco quiere la corona del Cristo Nazareno, no otras, ni aunque valgan más dinero, también busca quel obispo lo corone el día de Reyes, y quiere repartir bendiciones pa todos. Luego tá necio en que póngamos una bandera con la madrecita Guadalupe en Tepí, ¿qué no será el Tlaxcalteco el Rey Indio que faltaba?, ¿no decían también esto los que contaban que vendría?

—Crés que sea…

—¿Por qué dudas de la señal? Me tocó ver que de lo nublado brotó el sol, y luego le pegó en la cara, dibujándole una máscara de oro. Yo tengo seguridá que sí es, pero no sé qué pienses tú —le comparte en otro tono, e inmediatamente se aleja del alcalde, dejándolo sumido en reflexiones.

José Andrés está sorprendido ante la revelación, va tras Juan Hilario y le hace una pregunta tras otra. Necesita más explicaciones, más hechos que le ayuden a formarse la idea de que el Tlaxcalteco es uno de los Reyes Magos. Juan Hilario lo escucha sin responderle.

—Sólo dime si es o no Rey ese tlaxcalteco.

—Es cosa de que creas en santos —contesta Juan Hilario, seguro de que sembrando dudas logrará la ayuda del alcalde.

De nuevo caminan los tres hasta Xalisco. De nuevo reúnen a los más viejos, forman cabildo, escuchan y llenan de humo de cigarro el cuarto en que se reúnen.

Un viejo de sombrero deshilachado toma la palabra:

—Si va el sudelegado, no será aquello cosa contra la ley —reflexiona.

—Si va el guardián de la Santa Cruz y el obispo, tampoco es cosa contra la madre Iglesia.

Incapaz de contener el gran secreto que guarda, José Andrés López cuenta lo que a solas le confió Juan Hilario sobre que el indio Mariano es el Rey Mago faltante. Los viejos callan, cada quien elucubra y fuma. Uno de ellos se pone de pie y mueve las manos indicándoles que guarden silencio. Todos lo miran.

—Si el Mariano es el Rey Indio que faltaba, tonces viene pa que los indios no séamos menos que los gachupines, ni menos que niuno, ésa es la mejor señal.

Sus palabras quedan en el aire, como para que el entendimiento de cada uno tome lo que necesite de ellas. Minutos largos de humo espeso y ojos entrecerrados

—Su corona será espinuda…

—El padre guardián de la Cruz y el obispo se la encajarán en su cabeza…

—Y se nombra Mariano

—¿No será?

—¡Sí es!, ¡pa mí que sí es!

—¡Sí es! Los de Xalisco debemos ayudarlo.

Entusiasmado, José Andrés López se pone de pie y ordena:

—¡Nuestro Rey llegó! ¡Aprevengan pitos, cajas, banderas, flechas y busquen muchachos buenos en la danza!, ¡hay que ir a buscarlo en Lo de Lamedo!

Nicolás García

6

Es MEDIO DÍA, en las casas reales de Santa María del Oro, los indios, en su mayoría huicholes, se encuentran reunidos en la sala de cabildo. Como cada primer día del año, realizan la ceremonia de cambio de varas, y este jueves primero de enero de 1801 no es la excepción. Las autoridades salientes entregarán su vara de mando a los elegidos por el pueblo y la asamblea de viejos. Las nuevas autoridades fueron elegidas desde noviembre, en las casas reales, en una junta a la que acudió el subdelegado Francisco de Lagos y el cura párroco Francisco Patrón, autoridades una legal y otra religiosa, certificaron que los electos eran indios tributarios y cumplían bien sus deberes religiosos. Les dieron su aprobación y ellos estuvieron de pie, el sombrero en la mano, bajos los ojos en ademán respetuoso. Cuando las autoridades se fueron, se hincaron reverencialmente ante los ancianos principales y movieron la cabeza asintiendo, cuando ellos les recomendaron que no se desobligaran con los cuidados que debían tenerle a la tierra, tan generosa, que siempre tenía para darles de comer.

Con ropas nuevas en que resaltan pájaros, venados y peyotes bordados sobre calzones, camisas y morrales, aguardan los que se harán cargo de los puestos de mayordomos, regidores, alguaciles o fiscales. Ya realizaron la ceremonia en que ofrecieron a sus deidades los vaporosos tamales de frijol, lo mismo que el caldo de venado, corazones de agave, nopales, pitahayas, pinole y tejuino con que los agasajaron las autoridades salientes, ya consumieron esos alimentos y ahora esperan el cambio varas de mando mientras fuman y beben tejuino.

Los viejos principales de Santa María del Oro ocupan sus lugares y el silencio se impone. Nicolás García, el alcalde indio saliente aguarda, sabe que lo llamarán y pasará al centro, a entregar su vara de mando al nuevo alcalde. La adornó con muchos listones y está contento, satisfecho del trabajo realizado para su pueblo. Muchos alcaldes se quedarán un año más, pero él está cansado y prefirió entregar la vara de mando. Mañana, viernes dos de enero, iniciará el descanso para él, podrá hacerse cargo de las labores del campo que ha descuidado tanto. Mañana, viernes dos de enero, irá a su raquítica milpa a levantar la cosecha, las pocas mazorcas que le habrán dejado cuervos y conejos. Desde mañana le sobrará tiempo para dedicarlo a su familia, a su pequeña parcela, a componer el zacatón del techo, por el que en época de lluvias las goteras formaron hilos de agua que volvieron lodoso el piso de tierra de su jacal.

También ha pensado que en febrero irá a la sierra, hasta Teakata, a dejar ofrendas en la cueva de Turikita, la cueva de los niños, para agradecer que su nieto lograra salvarse de la diarrea que lo estaba matando. Desde mañana, sus huesos, con más de cincuenta años encima, empezarán a sentir el descanso. Libre de compromiso, piensa y, sin quererlo, se le escapa un suspiro de alivio.

Algo sucede en la puerta que rompe el silencio. Han dejado entrar a la sala de cabildo a un indio correo. Dice que es urgente, viene del pueblo de San Luis, lo manda Pedro Antonio García y necesita hablar con el alcalde del lugar porque le trae una carta que debe ser leída lo más pronto posible. Nicolás conoce a Pedro Antonio García, lo considera inteligente porque aprendió a leer y escribir sin que nadie le enseñara, y es de los pocos que no necesita de escribano para resolver sus asuntos. Mira a los principales, con señas, ellos le dan a entender que como aún no se realiza la ceremonia de cambio de varas, a él le corresponde recibir la carta. La toma, le quita el sobre y no sabe qué hacer con ese papel lleno de letras. No está su escribano, andará en el monte, buscando leños para que las mujeres cocinen más tamales. Los ancianos se miran, levantan los hombros, entre ellos ninguno sabe leer.

—¿Por qué no le pedimos favor a don Francisco Borjas? —pregunta el más anciano, chupando su cigarro de hoja.

—Sí, don Pancho es amigo —dice el alcalde.

—Es gachupín y yo no le hago confianza.

—Es comedido aunque gachupín —reitera Nicolás García.

—Que alguno vaiga por él.

Don Francisco Borjas lee la carta en voz alta. Poco a poco la indignación va enrojeciendo su rostro blanquísimo

— "...irán todos, pues aunque sean soldados, como no sean gachupines. Llevarán su bandera blanca, llevarán las armas, ya sean lanzas, flechas, cortantes, hondas, palos o piedras para pelear lo de nosotros..."

Tiembla la voz de don Francisco Borjas, tiembla su barbada mandíbula y también sus venosas manos. Mientras la lectura avanza, la sorpresa se va pintando en los rostros de los que escuchan. Algunos pasan saliva. Lee el español y nadie se atreve a interrumpirlo.

— "...Pasa esta carta a otro pueblo. Al gobernador o alcalde que ésta llegue, se hará cargo y a aquella misma hora, sin detención ninguna, la remitirá a otro pueblo".

El silencio es absoluto y sólo el español se atreve a romperlo.

—Pero... ¿Cómo?...,¿de dónde recibieron este papel? ¿Entienden de lo que habla? ¿Ya tenían plan? ¿Saben que es a la traición de nuestro soberano a lo que los convocan? ¿Ustedes están involucrados? ¿No? ¿Por qué no la rompen? ¿Por qué no dan parte de inmediato al subdelegado? —cuestiona. —Vayan en este momento al juzgado, notifiquen, entreguen ahí esta infamia. Si no lo hacen ustedes lo haré yo, yo que daría mi vida por demostrar mi fidelidad al Rey —advierte levantando la voz, y continúa regañándolos hasta que sus emociones no le permiten más, arroja la carta al suelo y a pasos largos abandona la sala de cabildo.

El sobresalto y el miedo son invisibles, están ahí, caminando entre los ancianos de rostro desencajado, entre los jóvenes de risas nerviosas; se parecen al humo de tabaco que se ha esparcido ingrávido por el salón para invadir todos los rincones. El sobresalto y el miedo pueden olerse, lo están sudando todos los cuerpos.

—Don Pancho es amigo y cerrará boca —asegura el más viejo, tratando de infundir confianza al grupo, aunque su rostro indique preocupación.

—¿Crén que no diga?

—Veces, es callado…

—Les dije que no hicieran confianzas en gachupines.

—No sabíamos el asunto de la carta.

Vuelven a guardar silencio. La mayoría siente que ha perdido algo, algo propio, un secreto que los españoles no debían siquiera imaginar. La carta estaba dirigida a ellos, traía el aviso de la guerra que venía y con ellos contaba un Rey Indio para coronarse, para beneficiarlos, y ese secreto lo han dejado saber a un gachupín. Poco a poco sus corazones se llenan de vacío.

—¡Entoavía se puede! Es cosa que don Francisco Borjas se calle de la boca. Es corajudo, pero prontito se contenta y ya no va con el sudelegado —razona Nicolás García. La sonrisa regresa a algunos rostros en un chispazo momentáneo y vuelve a alejarse. Mira a los viejos principales. —Les acuerdo que la carta quiere que se mande a más pueblos.

—Es orden, teníamos palabrado que haríamos saber la señal y eso debe cumplirse; tú, Nicolás, mándala a Tequepexpan, encarga que de ahí la pasen a Xala de Abajo.

—Tenemos que esperar que llegue el escribano

—Ninguno aquí hace letras, manda un chiquillo que vaya por él.

Mientras esperan fuman, se miran, piensan, suspiran.

Cuando el escribano llega, lo hacen ir por su frasco con tinta. Saca punta a una pluma fina, la sumerge en la tinta y anota en un papel: "Recibí de José Nepomuceno la carta que va por cordillera y la mandé pronta a Xala de Abajo. Yo, el alcalde de Santa María del Oro, Nicolás García".

El muchacho elegido para correo es resistente y ágil. Nicolás le entrega la carta y el joven corre con la misiva escondida en su morral. El alcalde lo mira hasta que desaparece por la vereda, satisfecho de que vaya tan rápido a entregarla a Onofre de los Santos, alcalde de Tequepexpan, para que de ahí salga otro correo que la haga llegar a Felipe Velázquez, alcalde del pueblo de Xala de Abajo, sin que nadie pueda detenerla. Cuando regresa al salón, se encuentra las caras largas de los ancianos.

—¿Ora qué platican? —dice con preocupación.

—Pensamos, ¿y si no era de provecho mandar la carta? ¿Y si la señal no era la buena?

—¿Y si nos agarra presos el sudelegado?

—¿Y si nos mandan horcar a todos?

Las preguntas caen, pesadas, en la sala de cabildo. Poco a poco el miedo vuelve a tensar los nervios, a apretar los músculos, a engarrotar los cuerpos. Largos minutos en que cada uno se enfrenta a sus temores mientras el aire se vuelve irrespirable.

—¿Y si le preguntamos al padrecito don Pancho?

—Ése también es gachupín.

—Pero él nos considera. ¿No habla que somos sus hermanos? ¿No dice que todos somos sus hijos porque así lo manda el Jesús Cristo?

—Sí, hay que rogarle consejo, que nos de luces de qué hacer.

—Vamos todos.

Cuando salen del salón de cabildo el sol pega de lleno sobre las casuchas y las cercas de piedra. La esperanza ha ido soltando los nudos de los tendones y los pies descalzos y los pies calzados recobran su ritmo, el aire vuelve a ser claro, fresco, agradable al rostro.

Al sacerdote don Francisco Patrón le extraña ver llegar a tantos indios. Los reconoce, son las antiguas y nuevas autoridades acompañadas de los viejos principales. Algo se les habrá atorado en la ceremonia del cambio de varas y quieren consultarme, piensa. Los recibe a las puertas del templo. Después de hincarse para besarle la mano, ellos le piden permiso para pasar. Con sonrisa resignada les ofrece la sacristía.

—Pero..., ¿acaso son idiotas? ¿Se involucraron? ¿Cómo han podido creer en esos desatinos? —estalla el sacerdote después de escucharlos. Ellos vuelven a mirarse, desilusionados, alertas a la explosión del cura vicario.

—Y tú, Nicolás García, ¡cómo te has atrevido a mandar esa carta a Xala de Abajo! ¿No entiendes las desgracias que eso acarreará a los de tu pueblo? ¡Estúpido! ¡No has sido capaz de proteger a tu gente! —reprocha.

El aludido quisiera desaparecer. Mira los ojos claros, casi amarillentos, del religioso y se siente inerme. Hay furia en esos ojos que son dulces cuando cantan el alabado, hay cólera en la mirada que se clava en sus pupilas como si quisieran desbaratarlas. La culpa se le echa encima y le muerde el corazón. Por él, los principales, los fiscales, los regidores, el pueblo completo, todos, van a ser acusados de traición al Rey.

—¡Ustedes no tienen otro Rey que nuestro católico monarca! ¡Para ustedes no hay otra ley que las que les profesamos! ¿De qué sirve que nos cansemos repitiéndolo? ¡Manden detener la cordillera y entreguen esa carta al subdelegado! Voy inmediatamente con él, don Francisco de Lagos debe enterarse de lo que está sucediendo —dice el sacerdote urgiéndolos a salir.

Derrotados, los indios de Santa María del Oro dejan la sacristía. La angustia se derrama y deja flojos, laxos, los músculos que apenas y pueden moverse. El aire, los rayos del sol, todo se ha deslucido para ellos. Son casi las cuatro de la tarde y las horas que iban a ser de fiesta, motivadas por el cambio de varas, se han deslucido, las ha echado a perder la angustia. Quién sabe qué les espere a todos, piensan, quizá la muerte a garrote o por ahorcamiento, quizá la esclavitud.

El alcalde Nicolás García aún está aturdido, respira, y siente como si a sus pulmones penetrara arena. No soporta la culpa. Puede mandar a alguien del pueblo a detener al correo, pero sabe que la carta la lleva el más rápido de los indios de Santa María del Oro y quizá a estas horas ya esté entregándola al alcalde Felipe Velásquez.

—Ora qué hacemos…

—Hay que ver al sudelegado, noticiarle lo que pasó, hacernos de menos castigo —urge Nicolás García, consciente de que el sacerdote ya irá llegando al despacho de don Francisco de Lagos, para contarle lo que ellos le confesaron.

—Ve tú solo— dice uno de los viejos principales. Los que

aún no han recibido la vara de mando y también los que iban a entregarla, mueven la cabeza en señal de aprobación. Él mira al conjunto de hombres que lo rodea, están ahí, sin atreverse a mirarlo de frente. En completo silencio se retiran dejándolo a mitad de la calle.

Nicolás García los ve alejarse. Un inmenso sentimiento de culpa lo hace resistir las ganas de alcanzarlos, de pedirles que lo acompañen porque siente pavor. Sacude sus ropas de estreno, los bordados de pájaros que adornan el borde del pantalón le parecen sucios, deslucidos.

El miedo crece a cada paso, le va quitando fuerzas, lo va haciendo caminar como si estuviera borracho. Avanza lento e inseguro el tramo que lo separa de la casa en que don Francisco de Lagos tiene su juzgado. Suspira al recordar que, recargadas en las paredes del salón de cabildos, se quedaron, adornadas con listones y moños, las varas de mando.

Francisco de Lagos

7

EL SUBDELEGADO DE SANTA MARÍA del Oro, Francisco de Lagos, apenas puede creer lo que le está contando el sacerdote Francisco Patrón. El estaba seguro de conocer a los indios y los consideraba ignorantes y dóciles. No cree posible que atrás de la máscara de obediencia y subordinación escondan la hipocresía y la infidelidad en que el sacerdote ahonda, y que les ha permitido conspirar a espaldas de la autoridad.

—Tenga por seguro que me esforcé en persuadirlos de que no hicieran aprecio a la horrenda carta y le dieran aviso —insiste el sacerdote.

Francisco de Lagos comprende al fin la magnitud de la sublevación cuando el español Francisco de Borjas llega alarmado, a contarle también el incidente que tuvo con los indios.

—Después de leer esa carta, que me causó tanto enojo, les hice ver que cometerían el peor de los crímenes en caso de obedecerla —comenta el español y su rostro vuelve a enrojecer.

—Pero, dígame, don Francisco, ¿es que usted estaba solo con ellos, en las casas reales y pudo salir de allí?

—Así fue, Su Señoría, era tanta mi indignación que arrojé el infamante papel al suelo y salí hecho una furia.

El subdelegado guarda silencio. No alcanza a comprender por qué lo indios de su jurisdicción dejaron salir al español.

Estaban solos, él había leído una carta que los comprometía al grado de llevarlos a prisión o a la muerte y lo dejaron salir aun cuando los intimidó con denunciar el hecho. Bien podrían haberlo amenazado y en el peor de los casos, matado ahí mismo para evitar que los delatara. ¿Quién se hubiera dado cuenta? Librarse de un cuerpo es fácil, podían haberlo enterrado en el mismo salón de las casas reales, o de noche llevárselo y lanzarlo a un despeñadero para que todo pareciera un accidente. Podían llevarlo a la laguna y lanzarlo ahí, con una piedra amarrada al cuello. Tan grande la laguna de Santa María del Oro, tan cercana, tan cómplice... Pero nada hicieron contra el que los presionó tanto. ¿En qué pensaron? ¿En qué piensan estos indios? ¿Son ingenuos, respetuosos de la vida de los demás, o su falta de inteligencia no les permite medir los peligros? Y luego todavía fueron con el sacerdote a referirle lo sucedido. ¿No se daban cuenta que mientras más divulgaran el suceso estaban en más riesgo de ser señalados como conspiradores? Escucha la plática entre el religioso y el español, observa la alarma que hay en sus gestos y se sorprende al sentir lástima, conmiseración por los indios que es preciso arrestar.

—No cabe duda de que la ignorancia los hizo caer en la estupidez —comenta. Y no obtiene respuesta porque el sacerdote ya señala hacia la plaza.

—Pero mire, Su Excelencia, si allá viene Nicolás García.

El subdelegado voltea hacia donde el clérigo indica y ve que el alcalde de indios se acerca lentamente, como si le costara trabajo caminar.

—¡Guardias!, ¡detengan de inmediato a ese indio! —ordena.

Tres hombres corren a atraparlo. El señalado no hace el menor ademán por evitarlo.

Nicolás García mira al subdelegado, su mirada apenas se detiene en el rostro mofletudo, en el bigote acicalado y la barba rubia cortada en triángulo, en la ancha frente que delata un inicio de calvicie. Pareciera que nada le importara ya.

—De modo, Nicolás, que recibiste una carta que los incitaba a traicionar al rey de España y no me diste parte, sino que la has mandado a que siga en cordillera —cuestiona.

El inculpado mueve la cabeza afirmando que lo hizo. Sabe que nada ha de salvarlo, dirá lo que quieran que diga, y hará lo que quieran que haga.

—Apreciado don Francisco, estimado señor cura, les agradezco la información que me han traído y que deja muestra de su fidelidad a nuestro Gran Soberano. Ahora, si sus mercedes me lo permiten, debo tomar declaración a Nicolás. Necesito saber con urgencia todos los acontecimientos, ya comprenderán la premura que el caso amerita —se disculpa Francisco de Lagos.

El español se despide con una reverencia, el sacerdote esboza una sonrisa y ambos salen del despacho comentando animadamente la satisfacción que da el deber cumplido.

Tras escucharle la declaración, Francisco de Lagos mete en el pequeño cuarto que sirve de cárcel a Nicolás García. Le llama la atención el estado de indolencia que presenta el alcalde. Cualquiera diría que ha envejecido de pronto, que en unos minutos, sus cincuenta años de edad se han duplicado. Nicolás queda en cuclillas, recargando la espalda en una de las paredes encaladas de la celda, mira al suelo mientras sus dedos juegan con las correas de sus huaraches nuevos. Quién sabe en qué piensa mientras Francisco de Lagos dicta cartas en que alerta a los subdelegados de Tepic y Ahuacatlán.

—...Bien, don José María, así está bien la carta para Tepic, deje el espacio para mi firma y luego copie esa misma para dirigirla al subdelegado de Ahuacatlán. Es necesario que ambos conozcan la novedad y procedamos todos de acuerdo. Ah, lo olvidaba, añada que es urgente que los subdelegados se empleen en saber si hay más cartas —ordena sin dejar de pasearse por el cuarto, porque no resiste un minuto sentado tras su bufete de muchos cajones. —¡En mala hora estos idiotas las han distribuido! —exclama, y va al enorme librero de cedro, extrae un libro de pastas negras que hojea rápidamente y vuelve a dejarlo en el anaquel. —También pídales que averigüen el origen de las convocatorias. Teniente Flores, mande detener a los indios principales de Santa María del Oro, junto con síndicos, mayordomos, topiles, en fin, todos los que hacen uso de las casas reales.

La oficina le parece pequeña, siente que se ahoga, que le estorban los asistentes y los hombres de la milicia.

—Sargento Valdés, que uno de sus correos comunique al administrador de la hacienda de Tetitlán, a efecto de que con la mayor reserva, gente armada contenga todo movimiento. Sargento Sánchez, queda usted encargado de poner espías a la salida de Tequepexpan. Usted, don José Miguel, ocúpese de que vaya un correo a avisar a mi teniente de San Leonel para que, sin que sea notorio, coloque vigías en todos los tránsitos de los pueblos de esta jurisdicción a los de Tepic, dándome aviso inmediato de cualquier novedad. Teniente Flores, forme patrullas que resguarden los alrededores, sin que sean notadas. Cabo Mendoza, acuartele a los integrantes de la milicia para que duerman sobre las armas. Don José Miguel, en cuanto se desocupe, libre un billete para el alcalde de naturales de San Luis, se requiere de la presencia urgente de Pedro Antonio García en este juzgado, no le diga para qué, sólo llámelo. Cite también al alcalde de Tequepexpan. ¿Quién es el alcalde ahí? Ah, sí, Onofre de los Santos, cítelo también. Ya descubriremos la verdad de este embrollo. Sargento Valdés, ¿ya tiene listas a las personas que irán como postas a llevar la noticia? —incansable, Francisco de Lagos va y viene por el juzgado sin dejar de dar órdenes, su entorno y sus pensamientos están convertidos en un remolino.

Pasa los dedos entre el cabello, se sienta, se levanta, se desespera. ¿Quién, cómo y por qué propició esta sublevación? Es claro que Nicolás García no lo sabe, por más que los hombres de la milicia lo interrogan, lo amenazan, lo golpean, nada aporta al respecto. Vuelve a sentir lástima por el indio que calla mientras es vapuleado. Ni una queja: parece un muñeco de trapo que va de unas manos a otras. Ya le escuchó tres veces la misma historia, ya sabe que estaban en cabildo cuando llegó un indio de San Luis llamado José Nepomuceno a entregarle la carta convocatoria, que él dio recibo, que la envió a Tequepexpan con recomendación de que la pasaran después a Xala de Abajo, que decidieron consultar a Francisco Borjas y al señor cura; pero quién, ¿quién está atrás de todo esto? Lo escucha gemir, detiene el castigo que le propinan y el indio vuelve a acuclillarse en un rincón. Los rojos pájaros bordados en su camisa nueva se están confundiendo con infinidad de manchas de sangre.

—Aquí hay metidas otras manos, los naturales no tienen la inteligencia para planear una cosa así —reiteran sus asistentes.

Nicolás García los escucha y calla. No piensa decirles que en su pueblo ya habían realizado reuniones secretas, que tenían claro el ataque y sólo esperaban una señal, señal que tardó tanto y llegó cuando menos lo esperaban. Mientras más pasaba el tiempo, más crecía entre los indios el entusiasmo por tener Rey. El tlaxcalteco que se ponía una máscara de oro y que ahora sabe que se llama Mariano estuvo en la imaginación de todos, lo vieron coronarse, lo acompañaron a pelear contra los gachupines, a vencerlos y sacarlos del extenso reino de Las Indias que se habían apropiado. Eso no lo dirá, que piensen que la carta llegó sin que nadie la esperara, sin que los indios de Santa María del Oro supieran por qué. Los de su pueblo sólo serán culpables de escuchar una carta en que pedían que se desconociera al rey de España. Carta, oportunidad, esperanza que se perdió por no saber leer. Tontamente la dejaron en manos de un enemigo, porque eso es don Francisco de Borjas, un gachupín enemigo al que tendrán que matar los que sigan al indio Mariano. Se culpa. ¿Por qué no esperó a que llegara su escribano? ¿Por qué no lo mandó llamar? ¿Por qué insistió en que Francisco de Borjas era de fiar? Si la carta la hubiera leído el escribano, el secreto les seguiría perteneciendo.

A Francisco de Lagos se le ocurre que quizá haya más de una carta circulando por los pueblos indios. Por la rapidez con que trasladaron la cordillera, es posible. ¡Cómo pudieron cometer el enorme delito de desconocer a Su Majestad!

—¡José Miguel, José María, debemos evitar el estrépito que pueda causar la sublevación! Envíen cartas a los alcaldes indios, indicándoles que no permitan que ningún natural salga de sus pueblos. Aclárenles que el que lo haga será preso. Los alcaldes deben lograr convencerlos, hacer que no crean el atentado que las cartas comunican —dice con nuevos bríos.

Anochece, frente a su escritorio de gruesas maderas, mientras sus asistentes terminan de elaborar cartas y citatorios, Francisco de Lagos piensa, escribe, tacha y vuelve a escribir. No sabe cómo redactar el documento en que comunicará a su superior, don José Fernando de Abascal y Souza, comandante general de la Nueva Galicia, presidente de su Real Audiencia y gobernador intendente de la Provincia de Guadalajara, sobre la sublevación que se ha dado entre los indios de Santa María del Oro, y que son de su responsabilidad.

En las orillas de Xomulco, pueblo asentado junto a barrancas y al pie del cerro Ónix, su alcalde, Felipe Doroteo, contempla las altas montañas de Juanacata, de frías y boscosas mesetas. Va hacia uno de sus caseríos a comprar una talega de durazno. Apenas inicia la marcha cuando alguien lo alcanza y le coloca la mano en el hombro. Sorprendido, ve a su lado al alguacil del alcalde Felipe Velázquez. El alguacil se disculpa por haberlo asustado, explica que lo distinguió desde lejos y no le gritó, porque sabe que no escucha muy bien, que por eso mejor corrió a alcanzarlo. Felipe Doroteo acepta la disculpa. Tiene meses de no percibir bien los sonidos, tiene tiempo de introducirse en los oídos varitas en cuya punta coloca algodón de pochote tratando de sacarse la cerilla. Los algodones salen limpios y él se desespera. Ha visto al curandero del pueblo, pero sus remedios no le devuelven la capacidad de oír perfectamente. El alguacil le habla subiendo la voz, le informa que su alcalde, Felipe Velázquez, lo manda buscar, que es urgente que vaya a las casas reales, acompañado de los principales que pueda reunir.

Felipe Doroteo deja para después su antojo de duraznos y regresa al pueblo. Envía a tres de sus nietos a que busquen a los ancianos principales. Los chiquillos regresan cansados, diciendo que sólo pudieron encontrar a cuatro en sus casas, porque los demás andan en los cerros, con sus familias, recogiendo la cosecha. Cuatro viejos acompañan al alcalde Felipe Doroteo, que sabe caminar de prisa, a pesar de haber cumplido más de ochenta años. La distancia es corta, pero el sol arde en la piel.

El viernes dos de enero, Luciano Trinidad y Felipe Doroteo arriban en la plaza de Xala de Abajo, que los recibe con la hermosura de su gran pila de agua terminada en picos. Pueblo sostenido sólo a la humedad mañanera, al agua que tiene que venir desde tres leguas y media de distancia, mediante un conducto formado por canaletas de pino sostenido por horcones y cae en la pila central y en otra a las orillas del pueblo, para satisfacción de los habitantes. Tocan las campanas de la iglesia Purísima Concepción, como si les dieran la bienvenida.

Felipe Velázquez

8

Es MEDIA NOCHE y el regidor del pueblo de Xala de Abajo, José Casimiro, participa en la fiesta que se realiza para festejar el cambio de autoridades que se dio ese primero de enero. Sigue una hilera de cohetes que surca el cielo para reventar alto, desbaratándose en polvos de oro cuya luminosidad permite ver el cuerpo oscuro del volcán del Ceboruco, tan cercano a la vida de la población, que llena de arenilla negra sus calles y sembradíos; arenilla negra que hace crecer enormes las mazorcas y los granos del maíz. Llama su atención la música, las danzas, la plática de los demás. Bebe lentamente una jícara de tejuino, se siente contento. Ríe, hace chanzas cuando se le acercan dos indios de Tequepexpan, que le preguntan por el alcalde, necesitan verlo, entregarle una carta. José Casimiro no tiene ganas de buscarlo.

—Ya se fue a dormir, atendió el cambio de varas y seguro que se cansó porque entoavía sigue malo. Búsquenlo en cuantito amanezca, vive pa aquel rumbo —les aconseja señalando hacia el Norte.

—Debe ser orita, traemos encargo de la carta. Apura que la vea, desde Tequepexpan venimos corriendo —dice uno de ellos, todavía con respiración entrecortada.

El regidor quiere seguir viendo las danzas, pero entiende que debe llevar a los recién llegados a casa de su alcalde.

Felipe Velázquez se moja el rostro para despertar completamente y poder atender a quienes lo buscan. Tiene apenas cincuenta años pero se ve envejecido, delgado y ojeroso. Acaba de salir de un dolor de riñones que lo tuvo con fiebres y aún lo cansa el mínimo esfuerzo, aunque la esposa no deje de prepararle tés, que según la curandera del pueblo sirven para agarrar fuerza. Uno de los correos le entrega la carta y le pide recibo.

—Mañana se los hace mi escribano, hay fiesta, a saber ónde anda metido.

Los correos se miran y se encogen hombros, lo importante era entregar la carta y ya lo han hecho, mientras les dan el recibo disfrutarán lo que queda de fiesta.

Muy temprano, el alcalde de Xala de Abajo manda llamar a José Lorenzo Cervantes, su escribano, un indio joven y comedido. Manda llamar también a los indios principales, acuden siete, y él hace junta en el patio de su casa, para que escuchen lo que dice una carta que llegó de Tequepexpan. El escribano José Lorenzo Cervantes lee:

—…los espero el día cinco de enero, del mes primero del año uno, a orillas de Tepic, a la parte del Poniente, en donde llaman Las Higueras de Lo de Lamedo…

Los principales están desvelados, en su mente aún está fresco el recuerdo de las cornetas, flautas y tambores que marcaban el ritmo a los danzantes, no han entendido bien de qué trata el asunto y piden que la carta sea leída nuevamente. José Lorenzo Cervantes obedece. Se dan cuenta de que los invitan a recibir a un Rey Indio que quiere ser coronado.

Cunde el entusiasmo al pensar en el Rey de su misma casta, esa carta es la señal que esperaban. Los ancianos autorizan a Felipe Velázquez para que avise a los del pueblo que se vayan preparando para ir a Lo de Lamedo.

—Bueno sería avisar a los alcaldes de los otros pueblos de indios, juntarnos, ver qué se hace —propone uno de ellos.

—Sí. Juntemos cabildo con los alcaldes de Xala de Arriba y Xomulco.

—Que vengan ellos con todos sus principales, a ver qué dicen.

Los correos de Tequepexpan aguardan. Felipe Velázquez pide al escribano que haga el recibo. "Recibí la noticia y orden de nuestro Rey. Yo, como alcalde actual, obedezco lo mandado y estoy pronto. Doy la carta, que llegó el viernes dos de enero, a mi escribano José Lorenzo Cervantes. Que él se encargue de que siga su destino con el mayor sigilo, según viene mandado".

Luciano Trinidad, alcalde de Xala de Arriba, está en su milpa en las faldas del volcán del Ceboruco, cosechando las grand[es] mazorcas que propician las cenizas del volcán y la humed[ad] entre los tallos secos que derribaron los vientos de los últi[mos] días. Sus manos encallecidas buscan hasta los últimos g[ranos] de maíz entre los marchitos yerbajos, los buscan con a[mor] sus dedos y en puños los depositan en el morral que cu[elga de] su hombro. A Luciano Trinidad le gusta el campo, el [terreno de] coamil en ladera que le asignó la comunidad, tierra [...] terreno que le recogerán cuando muera para entreg[arlo al] que la necesite. Le da alegría tirar los granos en la ti[erra] y esperar el rumor de las primeras lluvias. Atenido[...] al agua del cielo, disfruta los primeros goterones [...] cia cierta que abajo del suelo se están hinchando l[os...] gusta ir a la milpa cuando llueve, a ver cómo el m[...] sus pequeños tallos verdiclaros la costra húme[da...] día crecen las alargadas hojas del maíz. Le gus[ta...] lar profundo, para que el aire fresco entre a t[...] no se ha cansado de respirar desde hace más [...]

Alguien lo llama. Luciano Trinidad vo[ltea...] donde vienen los gritos y ve que viene [...] nietos.

—¡Apá Chano… lo buscan, apá Ch[ano...] semidesnudo y descalzo. Luciano Tri[nidad...] disgusto, sus manos se apresuran a co[...]

Acompañado de diez de sus in[dios...] Luciano Trinidad baja la cuesta que [...] ver para qué lo necesita Felipe Velá[zquez...]

Felipe Velázquez

8

Es MEDIA NOCHE y el regidor del pueblo de Xala de Abajo, José Casimiro, participa en la fiesta que se realiza para festejar el cambio de autoridades que se dio ese primero de enero. Sigue una hilera de cohetes que surca el cielo para reventar alto, desbaratándose en polvos de oro cuya luminosidad permite ver el cuerpo oscuro del volcán del Ceboruco, tan cercano a la vida de la población, que llena de arenilla negra sus calles y sembradíos; arenilla negra que hace crecer enormes las mazorcas y los granos del maíz. Llama su atención la música, las danzas, la plática de los demás. Bebe lentamente una jícara de tejuino, se siente contento. Ríe, hace chanzas cuando se le acercan dos indios de Tequepexpan, que le preguntan por el alcalde, necesitan verlo, entregarle una carta. José Casimiro no tiene ganas de buscarlo.

—Ya se fue a dormir, atendió el cambio de varas y seguro que se cansó porque entoavía sigue malo. Búsquenlo en cuantito amanezca, vive pa aquel rumbo —les aconseja señalando hacia el Norte.

—Debe ser orita, traemos encargo de la carta. Apura que la vea, desde Tequepexpan venimos corriendo —dice uno de ellos, todavía con respiración entrecortada.

El regidor quiere seguir viendo las danzas, pero entiende que debe llevar a los recién llegados a casa de su alcalde.

Felipe Velázquez se moja el rostro para despertar completamente y poder atender a quienes lo buscan. Tiene apenas cincuenta años pero se ve envejecido, delgado y ojeroso. Acaba de salir de un dolor de riñones que lo tuvo con fiebres y aún lo cansa el mínimo esfuerzo, aunque la esposa no deje de prepararle tés, que según la curandera del pueblo sirven para agarrar fuerza. Uno de los correos le entrega la carta y le pide recibo.

—Mañana se los hace mi escribano, hay fiesta, a saber ónde anda metido.

Los correos se miran y se encogen hombros, lo importante era entregar la carta y ya lo han hecho, mientras les dan el recibo disfrutarán lo que queda de fiesta.

Muy temprano, el alcalde de Xala de Abajo manda llamar a José Lorenzo Cervantes, su escribano, un indio joven y comedido. Manda llamar también a los indios principales, acuden siete, y él hace junta en el patio de su casa, para que escuchen lo que dice una carta que llegó de Tequepexpan. El escribano José Lorenzo Cervantes lee:

—...los espero el día cinco de enero, del mes primero del año uno, a orillas de Tepic, a la parte del Poniente, en donde llaman Las Higueras de Lo de Lamedo...

Los principales están desvelados, en su mente aún está fresco el recuerdo de las cornetas, flautas y tambores que marcaban el ritmo a los danzantes, no han entendido bien de qué trata el asunto y piden que la carta sea leída nuevamente. José Lorenzo Cervantes obedece. Se dan cuenta de que los invitan a recibir a un Rey Indio que quiere ser coronado.

Cunde el entusiasmo al pensar en el Rey de su misma casta, esa carta es la señal que esperaban. Los ancianos autorizan a Felipe Velázquez para que avise a los del pueblo que se vayan preparando para ir a Lo de Lamedo.

—Bueno sería avisar a los alcaldes de los otros pueblos de indios, juntarnos, ver qué se hace —propone uno de ellos.

—Sí. Juntemos cabildo con los alcaldes de Xala de Arriba y Xomulco.

—Que vengan ellos con todos sus principales, a ver qué dicen.

Los correos de Tequepexpan aguardan. Felipe Velázquez pide al escribano que haga el recibo. "Recibí la noticia y orden de nuestro Rey. Yo, como alcalde actual, obedezco lo mandado y estoy pronto. Doy la carta, que llegó el viernes dos de enero, a mi escribano José Lorenzo Cervantes. Que él se encargue de que siga su destino con el mayor sigilo, según viene mandado".

Luciano Trinidad, alcalde de Xala de Arriba, está en su milpa, en las faldas del volcán del Ceboruco, cosechando las grandes mazorcas que propician las cenizas del volcán y la humedad, entre los tallos secos que derribaron los vientos de los últimos días. Sus manos encallecidas buscan hasta los últimos granos de maíz entre los marchitos yerbajos, los buscan con avaricia sus dedos y en puños los depositan en el morral que cuelga de su hombro. A Luciano Trinidad le gusta el campo, el pequeño coamil en ladera que le asignó la comunidad, tierra de todos, terreno que le recogerán cuando muera para entregarla a otro que la necesite. Le da alegría tirar los granos en la tierra abierta, y esperar el rumor de las primeras lluvias. Atenido únicamente al agua del cielo, disfruta los primeros goterones y sabe a ciencia cierta que abajo del suelo se están hinchando las semillas. Le gusta ir a la milpa cuando llueve, a ver cómo el maíz ha roto con sus pequeños tallos verdiclaros la costra húmeda y cómo cada día crecen las alargadas hojas del maíz. Le gusta entonces inhalar profundo, para que el aire fresco entre a todo su cuerpo, que no se ha cansado de respirar desde hace más de cincuenta años.

Alguien lo llama. Luciano Trinidad voltea hacia el lugar de donde vienen los gritos y ve que viene corriendo uno de sus nietos.

—¡Apá Chano… lo buscan, apá Chano! —informa un niño semidesnudo y descalzo. Luciano Trinidad hace un gesto de disgusto, sus manos se apresuran a cortar las últimas mazorcas.

Acompañado de diez de sus indios principales, el alcalde Luciano Trinidad baja la cuesta que lo lleva a Xala de Abajo, a ver para qué lo necesita Felipe Velázquez.

En las orillas de Xomulco, pueblo asentado junto a barrancas y al pie del cerro Ónix, su alcalde, Felipe Doroteo, contempla las altas montañas de Juanacata, de frías y boscosas mesetas. Va hacia uno de sus caseríos a comprar una talega de durazno. Apenas inicia la marcha cuando alguien lo alcanza y le coloca la mano en el hombro. Sorprendido, ve a su lado al alguacil del alcalde Felipe Velázquez. El alguacil se disculpa por haberlo asustado, explica que lo distinguió desde lejos y no le gritó, porque sabe que no escucha muy bien, que por eso mejor corrió a alcanzarlo. Felipe Doroteo acepta la disculpa. Tiene meses de no percibir bien los sonidos, tiene tiempo de introducirse en los oídos varitas en cuya punta coloca algodón de pochote tratando de sacarse la cerilla. Los algodones salen limpios y él se desespera. Ha visto al curandero del pueblo, pero sus remedios no le devuelven la capacidad de oír perfectamente. El alguacil le habla subiendo la voz, le informa que su alcalde, Felipe Velázquez, lo manda buscar, que es urgente que vaya a las casas reales, acompañado de los principales que pueda reunir.

Felipe Doroteo deja para después su antojo de duraznos y regresa al pueblo. Envía a tres de sus nietos a que busquen a los ancianos principales. Los chiquillos regresan cansados, diciendo que sólo pudieron encontrar a cuatro en sus casas, porque los demás andan en los cerros, con sus familias, recogiendo la cosecha. Cuatro viejos acompañan al alcalde Felipe Doroteo, que sabe caminar de prisa, a pesar de haber cumplido más de sesenta años. La distancia es corta, pero el sol arde en la piel.

Ese viernes dos de enero, Luciano Trinidad y Felipe Doroteo coinciden en la plaza de Xala de Abajo, que los recibe con la frescura de su gran pila de agua terminada en picos. Pueblo seco, atenido sólo a la humedad mañanera, al agua que tiene que traerse desde tres leguas y media de distancia, mediante un conducto formado por canaletas de pino sostenido por horcones y que cae en la pila central y en otra a las orillas del pueblo, para satisfacción de los habitantes. Tocan las campanas de la iglesia de la Purísima Concepción, como si les dieran la bienvenida.